신정 심청전

―몽금도전

서유경 옮김

박문사

　〈심청전〉은 우리가 잘 알고 있는 고전소설 작품 중 하나이
다. 이는 그만큼 오랫동안 많은 사람들이 〈심청전〉을 읽어 왔
기 때문이라 할 수 있다. 〈심청전〉은 판소리계 소설로 판소리
로도 불리고, 소설로도 읽혔으며, 창극, 만화, 연극, 영화 등 다
양한 양식으로 재생산되며 향유의 폭이 넓어진 양상을 보인다.
우리 역시 어려서부터 효녀 심청의 이야기를 듣고, 읽었던 기
억이 있다. 이렇게 현대까지 이어져 온 〈심청전〉 향유의 확대
와 전승 과정은 심청의 삶에 대한 공감의 역사라고도 할 수
있을 것 같다.

　이 책을 만들게 된 계기는 박문서관에서 1916년에 간행한
활자본 〈심청전〉이 여타의 〈심청전〉에 비해 색다른 개작의 모
습을 보여주기 때문이다. 일반적으로 알려진 〈심청전〉의 주요
내용은 다음과 같이 정리할 수 있을 것이다.

　　심 봉사의 딸로 태어난 심청이 동냥을 해서 부친을 봉양한다.
　심청을 기다리다 개천에 빠진 심 봉사가 공양미 삼백 석이면
　눈을 뜰 수 있다는 화주승의 말에 시주를 약속한다. 심청은 부

친의 눈을 뜨게 하기 위해 자신의 몸을 팔아 공양미를 마련한다.
인당수에 빠졌던 심청은 용궁에 갔다가 환세하여 왕비가 된다.
왕비가 된 심청을 만난 심 봉사가 눈을 뜨게 된다.

　그런데 〈신정 심청전(몽금도전)〉은 심청이 태어나는 과정 등에서 기존의 〈심청전〉에 비해 차별적 요소가 두드러지게 나타난다. 그리고 심청의 인당수 행 이후에는 파격적이라고 할 만큼 기존의 〈심청전〉과는 다르게 서사가 전개되고 있다. 예를 들자면, 심청의 탄생 과정에 태몽이 나타나는 경우 일반적인 〈심청전〉에서는 선녀와 같은 천상의 여인이 하강하는 것으로 되어 있다. 그런데 〈신정 심청전(몽금도전)〉에서는 태몽에서 선동이 나타나 심 봉사 부부가 아들 낳을 것을 기대하지만, 딸인 심청을 해산하는 것으로 되어 있다. 또한 심청이 인당수에 빠진 뒤 몽금도에 도착하게 된 것이라든지, 심청과 심 봉사가 해후하게 되는 과정이 여타의 〈심청전〉들과는 매우 다르다.
　이렇게 기존의 〈심청전〉과 다른 서사 전개를 보이는 〈신정 심청전(몽금도전)〉에서는 서술자가 하는 역할이 크다. 〈신정 심청전(몽금도전)〉의 서술 방식은 기존의 〈심청전〉, 나아가 일반적인 고전소설과 비교해 볼 때에도 특징적이다. 그것은 서사 전개 과정에서 사건이나 상황, 대화 등을 서술하고 나서 서술자가 개입하여 논평을 하거나 비판적으로 훈계를 하는 방식이다.

이는 〈신정 심청전(몽금도전)〉의 작자가 〈심청전〉을 다시 쓴 이유와도 관련 있다고 할 수 있다. 〈신정 심청전(몽금도전)〉의 작자는 작품 말미에서 자신이 〈심청전〉을 개작하게 된 이유를 설명하면서 세태를 바로잡고자 하는 계몽의식과 비판의식을 강하게 보이고 있기 때문이다.

한편 〈신정 심청전(몽금도전)〉은 제목 앞에 '연극소설'이라는 부기가 있는 것도 특징 중 하나인데, 이는 기존의 〈심청전〉을 개작하면서 연극적 요소를 가미하고자 한 의도가 있었기 때문으로 보인다. 이러한 의도는 〈신정 심청전(몽금도전)〉의 서술 과정에서 대화가 이루어지는 부분에서 말하는 이를 '남정', '부인', '심', '부' 등과 같이 표시하고 있는 데에서 확인할 수 있다. 그런데 이렇게 말하는 이를 표시하는 방식이 〈신정 심청전(몽금도전)〉 전체적으로 일관성을 보이지는 않고 있어서, 개작자가 처음에 의도한 바가 개작 과정에서 흐려진 것으로도 보인다.

〈신정 심청전(몽금도전)〉에서 볼 수 있는 〈심청전〉의 개작 양상은 현대에 이르기까지도 지속되는 〈심청전〉 다시 쓰기의 표본이라고도 할 수 있다. 다시 말해, 〈심청전〉 향유의 역사에서 새롭게 나타나는 특징적인 이본의 양상은 기존의 〈심청전〉에 대한 질문과 답이라고도 할 수 있다. 〈신정 심청전(몽금도전)〉에서 기존의 〈심청전〉에 던지는 질문은 심 봉사가 눈을 뜰 수 있게 된 것이 공양미 때문이라 할 수 있는가? 기도를 열심히 하고 꿈을 잘 꾸면 그대로 이루어진다는 것이 맞는가? 물에 빠진 심청이가 용궁에 갔다가 환세한다는 것이 가능한가? 심 봉사가 물에 빠져 죽은 줄로만 알았던 딸 심청을 보기 위해 눈을 뜨게 된다는 것이 서사적으로 합당한가?와 같은 것일 게다. 흥미롭게도 〈신정 심청전(몽금도전)〉에서 이 질문에 대한 나름대로의 답을 찾아볼 수 있다.

〈신정 심청전(몽금도전)〉의 원문을 옮기고 번역하는 과정에서 오류가 없도록 여러 차례 검토와 수정을 했으나 여전히 바로잡아야 할 부분이 남아 있을 것 같다. 옮긴이의 부족함으로 이해해 주시기 바란다. 현대어로 옮기면서 가장 어려웠던 문제는 어느 정도로 풀어쓸 것인가 하는 것이었다. 원칙적으로는 원문에 충실하게 옮기려고 하였다. 그렇지만 한글만으로는 의미를 분명하게 나타내기 어렵다고 판단되는 경우에는 한자를 병기하였고, 좀 생경한 어휘나 한자성어는 미주를 통해 풀이를 하거나 좀 더 편한 표현으로 바꾸었다. 독자께서 이러한 고민을 이해해 주시기 바란다.

이 책이 나오기까지 여러모로 도와주신 분들께 깊은 감사를 드리고 싶다. 여러 차례 〈신정 심청전(몽금도전)〉을 함께 읽어 준 서울시립대학교 대학원생늘─특별히 양전, 장열, 함 희진─과 현대어 번역을 수정, 보완할 수 있도록 도와준 사랑하는 동생 유현, 그리고 옆에서 늘 독려해 주는 가족에게 고마운 마음을 전하고 싶다. 그리고 좋은 책을 만들 수 있도록 허락해 주신 윤석현 사장님과 편집진께 감사드린다.

2019년 5월

서 유 경

차례

신정 심청전

― 몽금도전

演劇小說 沈淸傳

신정 심청젼

몽금도젼

빅셜이 분분이 휘날니든 동지셧달이 잠간 지니가고 만화방창(萬化方暢)흔 츈삼월 호시졀이 쏘 다시 도라오니 화장흔 봄바람에 곳곳마다 리화 힝화 도화가 란만이 피엿는데

관셔 황히도 황쥬셩 도화동(關西 黃海道 黃州城 桃花洞)은 과연 복송아 쏫 텬디러라

한 줄기 더운 바람결이 무슈흔 복송아쏫을 펄펄 날녀다가 도화동 외쫀 골자구니에 죠고마흔 초가집 압뒤쓸에다 뿌리니 그 집은 사면 산울도 복송아나무요 근쳐 과목밧도 젼슈 복송아나무 셰상이라

그 집은 비록 일간모옥에 심이 간난흐야 경셕이 디단이 쳐량흔 터이나 흔흔 것

연극소설 심청전

신정 심청전

몽금도전

　백설이 어지럽게 휘날리던 동지섣달이 잠깐 지나가고 온갖 꽃 피어나는 춘삼월 좋은 시절이 또다시 돌아오니 화창한 봄바람에 곳곳마다 배꽃, 살구꽃, 복숭아꽃이 난만하게 피었는데, 관서 황해도 황주성 도화동은 과연 복숭아 꽃 천지더라.

　한 줄기 더운 바람결이 무수한 복숭아꽃을 펄펄 날려다가 도화동 외딴 골짜기의 조그마한 초가집 앞뒤 뜰에 뿌리니 그 집은 사면 산울타리도 복숭아나무요, 근처 과목밭도 전부 복숭아나무 세상이라. 그 집은 비록 한 칸짜리 오막살이에 심히 가난하여 보기에 대단히 처량한 터이나 흔한 것은

은 복송아꼿 뿐이라

압뜰 산울 밧게는 한 줄기 쉽물이 잇고 쉽물 압헤는 큼직훈 쌜니ㅅ돌 두어 기를 노앗는데 현털훈 졀믄 부인네 한 아이 쌜니를 잔득 싸아놋코 부즈러니 쌜고 안졋다가 쩌러지는 복송아꼿이 쉽물과 웬 마당을 비단결갓치 덥허놋는 것을 보고 쌜니를 죽죽 짜셔 마당 안에 펴쳐 널며 방안을 향호야 그 남편을 부른다

여보시요 아모리 보시지는 못호셔도 밧게 좀 나와 보시오 됴흔 바람이 슐슐 불어셔 복송아꼿이 사면에 그득호게 쩌러졋습니다 그려

(남뎡) 아모리 구경스러오면 무엇호오 눈ㅅ갈 면 놈이 보아야 알지요

(부인) 에구 참 구경스럽기도 홉니다 그런 됴흔 빗츨 보시지 못호니 여복 갑갑호실ㅅ가 바람이라도 쐬이시게 갑갑호데 밧그로 나오시구려

(남뎡) 에그 이런 놈의 팔즈가 어듸 잇겟소 그ㅆ진 갑갑훈 것이야 엇더켓소 부인 고싱호는 싱각을 호면 쎠가 녹아셔 사름 죽겟소 이 지경 될 바에는 집안이 간난치ㄴ 안커나 그러치 안으면 병신이ㄴ 되지 말거ㄴ 요럿케 안탑갑게 될 놈의 신셰가 어듸 잇겟소

(부인) 에구 그런 싱각은 웨 쏘 호시오 사롬의 신슈라는 것은 하늘노 뎡훈 것인

복숭아꽃뿐이라.

앞뜰 산울 밖에는 한 줄기 샘물이 있고 샘물 앞에는 큼직한 빨랫돌 두어 개가 놓였는데, 현철한 젊은 부인네가 한 아이 빨래를 잔뜩 쌓아 놓고 부지런히 빨고 앉았다가 떨어지는 복숭아꽃이 샘물과 온 마당을 비단결같이 덮어 놓는 것을 보고 빨래를 죽죽 짜서 마당 안에 펼쳐 널며 방안을 향해 남편을 부른다.

"여보시오. 아무리 보시지는 못하셔도 밖에 좀 나와 보시오. 좋은 바람이 술술 불어서 복숭아꽃이 사면에 가득히 떨어졌습니다 그려."

(남정) "아무리 구경할 만한들 무엇 하겠소. 눈깔 먼 놈이 볼 수가 있어야 말이지요."

(부인) "에구, 참 구경스럽기도 합니다. 이런 좋은 빛을 보시지를 못하니 오죽 갑갑하실까? 갑갑한데 바람이라도 쏘이시게 밖으로 나오시구려."

(남정) "에그, 이런 놈의 팔자가 어디 있겠소. 그까짓 갑갑한 것이야 어떻겠소. 부인이 고생하는 생각을 하면 뼈가 녹아서 사람 죽겠소. 이 지경이 될 바에는 집안이 가난치나 않거나 그렇지 않으면 병신이나 되지 말거나. 요렇게 안타깝게 될 놈의 신세가 어디 있겠소."

(부인) "에구, 그런 생각은 왜 또 하시오. 사람의 신수(身數)라 하는 것은 하늘이 정하는 것인데

데 괴롭든지 즐겁든지 다 졔 분뎡인 걸 한탄ᄒ면 무엇ᄒ시오
아모 근심 마시고 밧게 나와 바람이ᄂ 쐬이시오

그 남뎡은 한슘을 휘—휘 쉬며 집팡막더를 더늠어 쥐고 마당으
로 나오ᄂ데 그 부인이 손길을 붓잡고 공슌이 인도ᄒ야 대문밧
게 죠곰 널분 마당ᄭ지 나와셔ᄂ 숀을 노으며

여긔셔 단이며 됴흔 바람이ᄂ 좀 잡슈시오

에그 가이 업셔라 이 마당과 져 과목밧헤 그득ᄒ 것이 모도
복송아옷인데 나 혼ᄌ 뎌것을 보니 니 마음이 더욱 상홈니다
집안에 먹을 것만 잇스면 차라리 내 눈ᄭ지 부러 문어쳐 못보
아도 ᄀ치 못 보앗스면 됴켓슴니다마ᄂ 보ᄂ 내 마음이 더 상
ᄒ야 못 견디겟슴나다

셰상에 눈 못 보ᄂ 것갓지 갑갑흔 노릇이 어디 잇슬ㅅ가 이
갓튼 대명텬디 밝은 날에도 만날 밤중으로만 지니니

일변 탄식을 ᄒ며 일변 눈물을 먹음고 다시 쌜내를 짜셔 너ᄂ
이 부인은 그 쥬인 심 봉사의 안희 곽씨 부인이요 심 봉ᄉ의
일홈은 학규니 년금 삼십에 멧히 젼에 불ᄒᆡᆼ이 안질을 들녀 아
죠 폐밍이 된 터이라 누디 명문거족의 후예로 문벌도 혁혁ᄒ

괴롭든지 즐겁든지 다 제 몫인 걸 한탄하면 무엇 하시겠소. 아무 근심 마시고 밖에 나와 바람이나 쏘이시오."

그 남자는 한숨을 휘휘 쉬며 지팡막대를 더듬어 쥐고 마당으로 나오는데 그 부인이 손길을 붙잡고 공손히 인도하여 대문 밖의 조금 넓은 마당까지 나와서는 손을 놓으며

"여기서 다니며 좋은 바람이나 좀 잡수시오. 에그, 가엾어라. 이 마당과 저 과목밭에 가득한 것이 모두 복숭아꽃인데 나 혼자 저것을 보니 내 마음이 더욱 상합니다. 집안에 먹을 것만 있으면 차라리 내 눈까지 일부러 무너뜨려 못 보아도 같이 못 보았으면 좋겠습니다만, 보는 내 마음이 더 상하여 못 견디겠습니다. 세상에 눈 못 보는 것같이 갑갑한 노릇이 어디 있을까? 이 같은 대명천지 밝은 날에도 만날 밤중으로만 지내니…."
하며 한편으로 탄식하며 한편으로 눈물을 머금고 다시 빨래를 짜서 너는 이 부인은 그 주인 심 봉사의 아내 곽씨 부인이요, 심 봉사의 이름은 학규니 나이 삼십에 몇 해 전 불행하게도 눈병이 들어 아주 눈이 멀어 맹인이 된 터이라. 누대 명문거족의 후예로 문벌도 혁혁하고

4

고 가셰도 부요ᄒᆞ더니 심 봉ᄉᆞ의 부친 ᄯᅢ붓터 락슈청운1)에ᄂᆞᆫ
발자최가 ᄭᅳᆫ어지고 금장자수2)에 공명이 뷔여시니 가셰가 자연
영체ᄒᆞᆫ 즁에 향곡에 빈곤ᄒᆞᆫ 신셰로 강근한 친척도 업고 겸ᄒᆞ야
즁년에 셰상을 리별ᄒᆞᆫ 고로 그 아달 심학규가 호을노된 모친을
뫼시고 어린 쳐권을 거ᄂᆞ려 근근이 싱명을 보전ᄒᆞ다가 수년
젼에 모친도 셰상을 ᄯᅥ나시고 학규ᄂᆞᆫ 두 눈이 어두오니 그 가
긍ᄒᆞᆫ 졍경은 형언키 어려온 터이라 그러ᄂᆞ 심 봉ᄉᆞᄂᆞᆫ 심졍이
단아ᄒᆞ고 힝실이 군ᄌᆞ라 다만 학식은 별노 업셔 향곡 무식ᄒᆞᆫ
농민의 어리셕은 풍속이 만이 잇스나 그 부인 곽씨ᄂᆞᆫ 임ᄉᆞ의
덕셩과 쟝강의 자싀과 목란의 졀기가 겸비ᄒᆞ야 아모리 빈곤ᄒᆞᆫ
즁에라도 빈긱을 ᄃᆞ졉ᄒᆞ며 린리를 화목ᄒᆞ야 가쟝을 공경ᄒᆞ며
가ᄉᆞ를 다사리ᄂᆞᆫ 범빅사에 례의를 직혀가니 과연 이졔의 쳥념
이요 안연의 간난이라
셰젼구업에 남젼북답 ᄒᆞᆫ아 업고 노비 소솔3) ᄒᆞᆫ아 업시 혈혈고
독ᄒᆞᆫ 압 못 보ᄂᆞᆫ 심 봉ᄉᆞ ᄒᆞᆫ아을 하눌갓치 셤기노라고 가련ᄒᆞᆫ
졀믄 녀ᄌᆞ가 몸을 ᄂᆡ노아 품을 파니 데일 바누질품이 션수러라
관ᄃᆡ 도포 창의 직령4) 셥수 쾌자 즁치막과 남녀 의복 잔누비질
상침질 ᄭᅳᆷ금질 기타 각죵 바누질과 질숨ᄒᆞ기와 삭ᄲᆞᆯ늬ᄒᆞ기를
일년 삼빅 륙십 일에 잠시도 노지

가세(家勢)도 부유하더니 심 봉사의 부친 때부터 벼슬자리에는 발자취가 끊어지고 높은 벼슬에 공을 세운 이름이 없어지니 집안 형편이 자연 보잘것없어져 시골구석의 빈곤한 신세가 되어 가까운 친척도 없이 중년에 세상을 이별한 고로 그 아들 심학규가 홀로된 모친을 모시고 어린 아내와 친척을 거느려 근근이 생명을 보전하다가 수년 전에 모친도 세상을 떠나시고 학규는 두 눈이 어두우니 그 가긍한 정경은 형언하기 어려운 터이라.

그러나 심 봉사는 심정이 단아하고 행실이 군자라. 다만 학식은 별로 없어 시골 무식한 농민의 어리석은 풍속이 많이 있으나 그 부인 곽씨는 임사의 덕성과 장강의 자색과 목란의 절개를 겸비하여 아무리 빈곤한 중에서라도 손님을 대접하며 이웃과 화목하여 가장을 공경하며 가사를 다스리는 갖가지 일에 예의를 지켜 하니 과연 백이숙제의 청렴이요, 안연의 가난이라.

대대로 내려와 오랫동안 모은 재산으로는 논밭 하나 없고 노비 권솔 하나 없이 혈혈단신 고독한 앞 못 보는 심 봉사 하나를 하늘같이 섬기느라고 가련한 젊은 여자가 몸을 내놓아 품을 파니 바느질품이 제일 뛰어나더라. 관대, 도포, 창의, 직령, 섶의 수, 쾌자, 중치막과 남녀 의복 잔누비질, 상침질, 깎음질 기타 각종 바느질과 길쌈하기와 삯빨래하기를 일 년 삼백 육십 일 중 잠시도 놀지

안코 품을 파라 푼돈 모아 냥돈 짓고 냥돈 모아 쾌를 지여 일
수5)와 테게6)와 쟝리변7)을 이 스람 뎌 스람 이웃스룸 형세 보
아가며 약고 녕리ㅎ게 빗을 쥬어 실슈 업시 밧아들여 츈츄제향
봉졔사와 압 못 보는 가쟝 공경을 지셩으로 ㅎ야가며 시죵이
여일ㅎ니 원근 린리 사룸들의게 층찬을 무수이 밧는 터이러라
심 봉스가 복송아나무 밧을 향ㅎ야 우두커니 셔 잇셔 귀로는
그 부인의 쌀내 너는 소리를 드르며 쏘 봄 졀식들이 지져괴는
소리를 듯고 무슴 궁리를 한춤이ᄂ ㅎ다가 집펑이를 더듬더듬
ㅎ며 부인의 쌀내 너는 겻흐로 죠곰 갓가이 오며
여보 마누라 져 참시 소리가 미상불 지마 잇는 소리인데 우리
는 듯기가 슬푸기만 ㅎ구려
쏘 나는 보지나 못ㅎ는 터이니 말홀 것 업거니와 뎌 복송아꼿
이 보기 참 됴치요 에그 나는 보지 못ㅎ야 갑갑호 싱각은 둘쩨
요 우리 부쳐의 평싱사를 싱각ㅎ면 그 안이 가셕ㅎ오
(부인) 우리가 ㅎᄂ니 그 걱정이요마는 스룸의 자식 두는 것은
임의티로 못ㅎ는 것이지요
불효삼쳔8)에 무ᄌ호 것이 뎨일 큰 죄라 ㅎ는데 우리 형셰나
부요호 경 갓흐면 쳡

않고 품을 팔아 푼돈 모아 양(兩)돈 짓고 양돈 모아 쾌를 지어 일수와 체계와 장리변을 이 사람 저 사람 이웃 사람 형세 보아 가며 약고 영리하게 빚을 주어 실수 없이 받아들여 춘추제향 봉제사와 앞 못 보는 가장 공경을 지성으로 하여 가며 시종(始終)이 여일(如一)하니 원근 동네 사람들에게 칭찬을 무수히 받는 터이더라.

심 봉사가 복숭아나무 밭을 향하여 우두커니 서 있어 귀로는 그 부인의 빨래 너는 소리를 들으며 또 봄 철새들이 지저귀는 소리를 듣고 무슨 궁리를 한참이나 하다가 지팡이를 더듬더듬하며 부인의 빨래 너는 곁으로 조금 가까이 오며

"여보, 마누라. 저 참새 소리가 과연 재미있는 소리인데 우리는 듣기가 슬프기만 하구려. 또 나는 보지도 못하는 터이니 말할 것 없거니와 저 복숭아꽃이 보기 참 좋지요. 에그. 나는 보지 못하여 갑갑한 생각은 둘째요, 우리 부처의 평생 일을 생각하면 그 아니 가석하오."

(부인) "우리가 하는 것이 그 걱정이지마는 사람의 자식 두는 것은 임의대로 못하는 것이지요. 불효삼천(不孝三千)에 무자한 것이 제일 큰 죄라 하는데, 우리 형세나 부요한 것 같으면

이라도 한아 어더 드려스면 자식을 볼는지 알겟슴닛가 그러나
우리 형세에 엄두가 나지를 안는구려

(심) 마누라도 첩은 맛날 무슨 첩 니야기를 ᄒ시오 마누라 한아
도 더 고성을 ᄒ야 지내는 터에 가세가 암만 부요ᄒ드리도 나
갓치 눈먼 놈의 첩 노릇 홀 사람은 어디 잇느요

(부인) 그야 집안만 넉넉ᄒ고 보면 눈 못 보는 것이야 첩 못
둘 것 잇슴닛가 눈으로 자식을 낫켓소 자식 불느구 두는 첩을
님자가 다른 데야 무엇이 부족ᄒ오

긔운이 남만 못ᄒ시오 어디가 병신이요

내가 아마 병신이 되야셔 삼십이 넘도록 눈 먼 자식 한아 못
낫는 것이지요

(심) 에그 마누라도 하필 눈먼 자식은 내 눈먼 것만 해도 긔가
막히는데 눈먼 자식은 해 무엇 ᄒ오

그야 마누라니 무슨 병이 잇소 긔운이 그만침 됴흔 터에 그리
도 내가 부족ᄒ 짜닭이 잇는 것이지

(부인) 둘이 다 별 흠이 업는데 웨 못 낫소 암만해도 올 수 업는
일이 안이요

첩이라도 하나 얻어 드렸으면 자식을 볼는지 알겠습니까? 그러나 우리 형세에 엄두가 나지를 않는구려."

(심) "마누라도. 첩은 만날 무슨 첩 이야기를 하시오. 마누라 하나도 저 고생을 하여 지내는 터에 가세가 암만 부요하더라도 나같이 눈먼 놈의 첩 노릇 할 사람은 어디 있겠소."

(부인) "그야 집안만 넉넉하고 보면 눈 못 보는 것이야 첩 못 둘 것 있습니까? 눈으로 자식을 낳겠소? 자식 보려고 두는 첩인데, 임자가 다른 데야 무엇이 부족하오. 기운이 남만 못하시오, 어디가 병신이오? 내가 아마 병신이 되어서 삼십이 넘도록 눈 먼 자식 하나 못 낳는 것이지요."

(심) "에그, 마누라도. 하필 눈먼 자식은. 내 눈먼 것만 해도 기가 막히는데 눈먼 자식은 해 무엇 하오? 그야 마누라가 무슨 병이 있소? 기운이 그만큼 좋은 터에 내가 부족한 까닭이 있는 것이지."

(부인) "둘이 다 별 흠이 없는데 왜 못 낳소? 암만해도 알 수 없는 일이 아니오?

남곳치 나앗스면 시집온 후로 발서 여섯 기도 더 나엇슬 걸

(심) 에구 열ㅅ기야 엇더케 낫켓소 짐성 모양으로 해마당 훈 비ㅅ식 낫켓ᄂ 뎌 참시 모양으로 훈 해에 두 비 세 비 나어야 ᄒᆞ겟군

ᄒᆞ기야 부쳐끼리 동침훈디로 나엇슬 것 갓흐면 해마다 낫키는 고사ᄒᆞ고 둘마다 훈아식 낫튼지 하로 두어 기식 나을 쩌도 잇셧슬 걸

아모리 고싱 즁에 우수스려9)가 만은 ᄉᆞ람의게라도 다졍훈 부쳐의 화락ᄒᆞᄂᆞᆫ 마음과 남편의 륭화되는 싴졍에 더ᄒᆞ야셔는 근심과 고셩도 잠시 니져버리는 법이라 부인이 널든 샬니를 못 널고 쌀쌀 우스며

에구 졈잔은 어룬이 그 짜위 상스러온 말슴은 웨 ᄒᆞ시오 망령이 쏘 들니셧구려 아모리 남은 업는 터이라도

동침홀 쩌마다 자식을 빌 것 갓흐면 ᄉᆞ람마다 자식 벼락을 마자 죽겟소

그 ᄌᆞ식을 어디다 쥬쳐를 ᄒᆞ겟슴닛가

에구 그런 우수운 말슴을 다 ᄒᆞ시오

에그 아모케 말슴을 ᄒᆞ셔도 관계치 안슴니다 공연이 마음에 근심 과이 ᄒᆞ지 마시고 그런 우슈운 말슴이나 ᄒᆞ시오

남같이 낳았으면 시집온 후로 벌써 여섯 개도 더 낳았을걸."

(심) "에구. 열 개야 어떻게 낳겠소. 짐승 모양으로 해마다 한 배씩 낳겠나? 저 참새 모양으로 한 해에 두 배, 세 배 낳아야 하겠군. 하기야 부부가 동침한 대로 낳았을 것 같으면 해마다 낳기는 고사하고 달마다 하나씩 낳든지 하루 두어 개씩 낳을 때도 있었을걸."

아무리 고생 중에 우수사려가 많은 사람에게라도 다정한 부부의 화락한 마음과 남편의 융화되는 색정에 대하여서는 근심과 고생도 잠시 잊어버리는 법이라. 부인이 널던 빨래를 못 널고 깔깔 웃으며

"에구. 점잖은 어른이 그따위 상스러운 말씀은 왜 하시오. 망령이 또 들리셨구려. 아무리 남은 없는 터라도 동침할 때마다 자식을 밸 것 같으면 사람마다 자식 벼락을 맞아 죽겠소. 그 자식을 어디다 주체를 하겠습니까? 에구. 그런 우스운 말씀을 다 하시오? 에그, 아무렇게 말씀을 하셔도 관계치 않습니다. 공연히 마음에 근심 과히 하지 마시고, 그런 우스운 말씀이나 하시오.

우리 두리만 잇는 데야 혈마 엇더케습닛가 무슨 말이든지 님자
님 말슴을 들으면 고싱ㅎ는 싱각이 어디로 가는지 업셔집데다
그런데 갑작이 자식 걱정은 웨 쏘 그리 ㅎ시오

(심) 져 복슝아나무는 ᄒᆡ마다 열미를 미치고 참시들도 봄마다
더러케 식기를 치노라고 아마도 암시 수식가 서로 짜라 단니며
지져괴는 것이지요 그것을 보고 듯노라니 ᄌᆞ연 우리 무자ᄒᆞᆫ
싱각이 니러나는구려

우리가 참말 년쟝 스십에 슬하에 일점혈육이 업고 다만 부쳐
ᄒᆞᆫ 쌍이 이 모양으로 지니니 함을며 눈ᄯᅳ지 먼 놈이
아직 마누라가 긔운이 됴아 더러케 홀 고싱 못홀 고싱 업시
버러 나를 어린 아ᄒᆡ 공급ᄒᆞᆮ 힝여나 비가 곱풀가 힝여나 치
워홀가 의복 음식 써 맛초아 이 모양으로 밧드지만 만일 마누
라도 늙어 긔운 업서지면 압 못보는 불상ᄒᆞᆫ 놈과 다 늙은 마누
라를 어늬 누가 도라보아 쥬겟소

압일을 싱각ᄒᆞ니 가슴이 막막ᄒᆞ구려

(부) 인싱이 부부 되는 것은 하늘이 뎡ᄒᆞᆫ 것이오 고싱ᄒᆞ나 즐거
오나 부쳐 간에 의분만 다졍ᄒᆞ면 죽도록 고싱을 ᄒᆞ다 죽은들
무슨 한이 잇겟습닛가만은

우리 둘만 있는 데에서야 설마 어떻겠습니까? 무슨 말이든지 임자님 말씀을 들으면 고생하는 생각이 어디로 가는지 없어집디다. 그런데 갑자기 자식 걱정은 왜 또 그리 하시오?"

(심) "저 복숭아나무는 해마다 열매를 맺고 참새들도 봄마다 저렇게 새끼를 치노라고 아마도 암새 수새가 서로 따라다니며 지저귀는 것이지요. 그것을 보고 듣노라니 자연 우리 무자(無子)한 생각이 일어나는구려. 우리가 참말 나이 사십에 슬하에 일점혈육이 없고 다만 부부 한 쌍이 이 모양으로 지내니 하물며 눈까지 먼 놈이.

아직 마누라가 기운이 좋아 저렇게 할 고생 못할 고생 없이 벌어 나를 어린아이 공급하듯 행여나 배가 고플까 행여나 추위할까 의복 음식 때맞추어 이 모양으로 받들지만 만일 마누라도 늙어 기운 없어지면 앞 못 보는 불쌍한 놈과 다 늙은 마누라를 어느 누가 돌아보아 주겠소? 앞일을 생각하니 가슴이 막막하구려."

(부) "인생이 부부 되는 것은 하늘이 정한 것이오. 고생하나 즐거우나 부부간에 의만 다정하면 죽도록 고생을 하다 죽은들 무슨 한이 있겠습니까마는

다만 한호는 것은 미물의 짐싱도 자손을 싱육호야 세세상존[10)
호고 무심호 초목도 히마다 열민를 미자 젼지무궁을 호는 터에
만물에 귀훈 인싱으로 산육[11)을 못호야서 죠션의 향화를 끈코
자숀의 후스를 끈케 되니 그 안이 가셕호오닛가

(심) 글세 말이요 션세 봉스를 끈는 것도 조션을 디홀 면목이
업거니와 우리 양주는 황텬에 도라간 후라도 무쥬고혼이 될
터이니 사나 죽으나 불상훈 사롬은 우리밧게 업슬 터이오구려

(부) 그러니 엇지 호시오 사라 고싱도 제 팔자요 죽어 고혼도
제 신수요 봉제스를 끈는 것도 가운 불힝으로 그리된 것이지만
그 중에 자식 못 낫는 나 한아 이 모든 허물을 쓸 밧게 업습니
다 그려 모든 죄를 용셔호시고 근심 말고 안심만 호시오 돈
업스니 쳡도 못 엇고 졍셩이 부죡호여 그런지 안 되는 자식을
억지로 마련호면 그런 리치가 어더 잇겟습닛가
내 나이가 아직도 사십이 멀엇스니 조곰 더 기디려봅시다 그려

(심) 내 소견에는 그져 기달일 것이 안이라 우리 량쥬가 명산대
찰에 가셔 신공이나 졍셩ㅅ것 들여보면 엇더홀꼬요

다만 한하는 것은 미물의 짐승도 자손을 생육하여 세세상전(世世相傳)하고 무심한 초목도 해마다 열매를 맺어 전지무궁 하는 터에 만물에 귀한 인생으로 산육(産育)을 못하여서 조상의 향화를 끊고 자손의 후사를 끊게 되니 그 아니 가석하오니까?"

(심) "글쎄 말이오. 선대(先代) 봉사(奉祀)를 끊는 것도 조상을 대할 면목이 없거니와 우리 부부는 황천에 돌아간 후라도 무주고혼이 될 터이니 사나 죽으나 불쌍한 사람은 우리밖에 없을 터이구려."

(부) "그러니 어찌 하시오. 살아 고생도 제 팔자요, 죽어 고혼(孤魂)도 제 신수요, 봉제사를 끊는 것도 가운(家運) 불행으로 그리된 것이지만 그중에 자식 못 낳는 나 하나 이 모든 허물을 쓸밖에 없습니다 그려. 모든 죄를 용서하시고 근심 말고 안심만 하시오. 돈 없으니 첩도 못 얻고 정성이 부족하여 그런지 안 되는 자식을 억지로 마련하면 그런 이치가 어디 있겠습니까? 내 나이가 아직도 사십이 멀었으니 조금 더 기다려 봅시다 그려."

(심) "내 소견에는 그저 기다릴 것이 아니라 우리 부부가 명산대찰에 가서 신공이나 정성껏 드려 보면 어떠할까요?"

(부) 나도 그 마음은 업지 안이ᄒ나 님ᄌ님 의견에 엇더홀지 몰나 몬져 말을 못ᄒᄋ엿습니다

아모리 간신ᄒ 터에라도 지셩쩟 비러 보앗스면 혈마 공든 탑이 문어지겟슴닛가 남들도 신공 들여 자식 본 사ᄅᆷ이 만이 잇기는 합데다

이 모양으로 양쥬의 의론이 합일ᄒ야 산쳔불공을 단이더라 명산대찰 영신당과 고묘 총사 성황사며 제불졔텬 미륵존불 칠셩불공과 빅일산졔와 십왕불공을 갓가지로 다 지니고 옥동이나 옥녀 간에 자식 한아만 졈지ᄒ야 쥬기를 자ᄂ 씨나 쥬야로 싱각ᄂ니 이것이라

명텬이 감동ᄒ고 귀신이 도음인지 졍셩이 지극ᄒ면 못될 일이 업는 법인지 일념졍신이 자식 비기 소원으로 밋칠 듯 취ᄒ 듯 쑴이도 그 싱각이오 상시에도 그 싱각뿐이든 곽씨 부인이 갑ᄌ년 사월 달 초십 일 깁흔 밤에 한바탕 쑴을 ᄭᆏ니 득남몽이 완연ᄒ다

그 남편 심 봉사를 흔들흔들 미젹미젹 ᄭᅢ오더라

(심) 여보 웨 이러시오 나는 발셔 잠을 ᄭᅢ여 자지 안코 잇섯소 무슨 일노 ᄭᅢ오시오

(부) "나도 그 마음은 없지 아니하나 임자님 의견에 어떠할지 몰라 먼저 말을 못하였습니다. 아무리 힘들더라도 지성껏 빌어 보면 설마 공든 탑이 무너지겠습니까? 남들도 신공 드려 자식 본 사람이 많이 있기는 합디다."

이 모양으로 부부의 의논이 합일하여 산천불공을 다니더라.

명산대찰 영신당과 고묘총사(古廟叢祠) 성황사(城隍祠)며 제불제천 미륵존불 칠성불공과 백일산제와 십왕불공을 갖가지로 다 지내고 옥동이나 옥녀 간에 자식 하나만 점지하여 주기를 자나 깨나 주야로 생각나니 이것이라.

명천이 감동하고 귀신이 도움인지 정성이 지극하면 못될 일이 없는 법인지 일념정심(一念淨心)이 자식 배기 소원으로 미칠 듯 취한 듯 꿈에도 그 생각이오. 상시에도 그 생각뿐이던 곽씨 부인이 갑자년 사월 달 초십 일 깊은 밤에 한바탕 꿈을 꾸니 득남몽(得男夢)이 완연하다.

그 남편 심 봉사를 흔들흔들 미적미적 깨우더라.

(심) "여보, 왜 이러시오. 나는 벌써 잠을 깨어 자지 않고 있었소. 무슨 일로 깨우시오.

29

아마 조흔 몽사를 어든가 보구려

나 역시 됴흔 꿈을 꾸고 나서 만심환희 깃분 마음이 한량업시 됴컨만은 마누라의 곤흔 잠을 씨오기가 이셕ᄒ야 쥬져ᄒ고 누엇섯소

(부) 여보 령감님 공교도 ᄒ오 내가 과연 꿈을 꾸고 꿈 니야기를 ᄒ려 ᄒ고 령감님을 씨왓셧소

(심) 여보 얼는 말슴ᄒ오 꿈 ᄉ연이 엇쩌ᄒ오 얼는 들어봅시다 내 꿈과 방불흔가

(부) 령감 꿈부터 말슴ᄒ오 내 몬져 들어보고 내 꿈도 말ᄒ리다

(심) 어서 마누라 꿈부터 말ᄒ라닛가

(부) 글세 령감부터 말슴ᄒ시구려

(심) 에구 갑갑ᄒ야 얼는 말 좀 ᄒ지

내 그럼 몬져 ᄒ지오

꿈 가온디 나ᄒ고 마누라ᄒ고 우리 집에 안잣쩌니 홀연이 셔긔가 반공ᄒ야 오치가 령롱흔데 일긔 션동이 학을 타고 하늘노서 ᄂ려와서 우리 집으로 들어오는데 금관도포에 옥패소리가 징징ᄒ고 좌우에 금동옥녀가 옹위ᄒ야 우

아마 좋은 몽사를 얻었나 보구려. 나 역시 좋은 꿈을 꾸고 나서 만심환희 기쁜 마음이 한량없이 좋건마는 마누라의 곤한 잠을 깨우기가 애석하여 주저하고 누었었소."

(부) "여보, 영감님. 공교롭기도 하오. 내가 과연 꿈을 꾸고 꿈 이야기를 하려고 영감님을 깨웠소."

(심) "여보, 얼른 말씀하오. 꿈 사연이 어떠하오. 얼른 들어봅시다. 내 꿈과 방불한가."

(부) "영감 꿈부터 말씀하오. 내 먼저 들어보고 내 꿈도 말하리다."

(심) "어서 마누라 꿈부터 말하라니까."

(부) "글쎄, 영감부터 말씀하시구려."

(심) "에구, 갑갑하오. 얼른 말 좀 하지. 내 그럼 먼저 하지요. 꿈 가운데 나하고 마누라 하고 우리 집에 앉았더니 홀연히 서기가 반공하여 오채가 영롱한데 일개 선동이 학을 타고 하늘로부터 내려와서 우리 집으로 들어오는데 금관도포에 옥패소리가 쟁쟁하고 좌우에 금동옥녀가 옹위하여

리의게 졀을 ᄒ고 안즌 양은 효자 힝실 분명ᄒ 듯 이향이 만실
ᄒ야 우리 부쳐가 졍신이 황홀ᄒ여 진뎡키 어렵더니 션동이
머리를 소곳ᄒ고 입을 여러 ᄒ는 말이 소동은 옥황상뎨 향안
젼에 근시ᄒ든 션관으로 상뎨의 명을 밧아 반도연에 가든 길에
동방삭을 잠간 맛나 노상에서 디톄ᄒ 죄로 인간에다 내치시민
갈 바를 모로더니 틱샹로군과 후토부인과 졔불보살이 이 딕으
로 지시ᄒ기로 명을 밧아 왓ᄉ오니 어엿비 녀기심을 바람니다
ᄒ고 말을 ᄆᆞᆺ친 후에 마누라 품안으로 달녀드는 양을 보고 쌈
작 놀나 ᄭᅵ다르니 남가일몽이 분명ᄒ구려 에그 엇겨면 그리
자셰ᄒᆫ가 션동의 얼골이며 션동의 말소리가 지금도 눈에 션-
ᄒ고 귀에 징연ᄒ여 ᄭᅮᆷ은 ᄭᅮᆷ이나 ᄭᅮᆷ갓지 안이ᄒ고 상시일과
ᄯᅩᆨ갓구려

그리 마누라 ᄭᅮᆷ은 엇더ᄒ오 얼는 말ᄒ시오

(부) 에그 ᄭᅮᆷ도 엇지면 그럿케 ᄯᅩᆨ갓슴닛가 우리 양쥬의 ᄭᅮᆷ이
일호도 틀님업시 신통이도 갓구려 우리 잠들기 젼에 그런 니야
기를 만이 ᄒ엿더니 그리 그런지요 참말 자식이 빌 ᄯᅥ에는 ᄭᅮᆷ
이 잇는 법인지오

녯말에도 ᄭᅮᆷ 가온디 션동이 니려오면 아달을 낫코 션녀가 ᄂᆞ려
오면 ᄯᅡᆯ을 낫는

우리에게 절을 하고 앉는 모습은 효자 행실 분명한 듯 이상야릇한 향기가 방안 가득하여 우리 부처가 정신이 황홀하여 진정키 어렵더니 선동이 머리를 소곳하고 입을 열어 하는 말이

"소동은 옥황상제 향안 전에 근시하던 선관으로 상제의 명을 받아 반도연에 가던 길에 동방삭을 잠깐 만나 노상에서 지체한 죄로 인간에다 내치시매 갈 바를 모르더니 태상노군과 후토부인과 제불보살이 이 댁으로 지시하기로 명을 받아 왔사오니 어여삐 여기심을 바랍니다."

하고 말을 그친 후에 마누라 품 안으로 달려드는 모습을 보고 깜짝 놀라 깨달으니 남가일몽(南柯一夢)이 분명하구려. 에그, 어쩌면 그리 자세한가. 선동의 얼굴이며 선동의 말소리가 지금도 눈에 선하고 귀에 쟁연하여 꿈은 꿈이나 꿈같지 아니하고 상시일과 똑같구려. 그래, 마누라 꿈은 어떠하오? 얼른 말하시오."

(부) "에그, 꿈도 어쩌면 그렇게 똑같습니까? 우리 부부의 꿈이 조금도 틀림없이 신통히도 같구려. 우리 잠들기 전에 그런 이야기를 많이 하였더니 그런지요. 참말 자식을 밸 때에는 꿈이 있는 법인지요? 옛말에도 꿈 가운데 선동이 내려오면 아들을 낳고 선녀가 내려오면 딸을 낳는다

다ᄒᆞ니 우리 만일 꿈과 갓고 보면 분명ᄒᆞᆫ 아달을 나을 터이니 꿈더로만 되고 보면 그 아니 깃분 노릇이오

(심) 녯말 그른 데 어더 잇소 꿈이라 ᄒᆞ는 것은 안 맛는 법이 업슴닌다 두고 보기만 ᄒᆞ시오

아ᄒᆡ를 안이 비면 모로거니와 비기만 ᄒᆞ면 아달이 안이고 쫄 될 리는 만무ᄒᆞ오

(부) 여보 그 말맙시오 나는 시집온 후로붓터 아들 나을 꿈과 쫄 나을 꿈을 몃 십 번을 ᄭ수엇는지 몰ᄂᆞ도 아ᄒᆡ커녕 아모 것도 안 뵙듸다

(심) 응 마누라도 그 ᄶᆞ에는 정성도 안 들이고 그져 ᄭ운 꿈이닛가 그러치오 이번에는 지닉만 보시오

냥쥬의 득남몽이 흡사 이 갓튼 터에 그날 밤 그 냥쥬의 심사는 얼만침 죠왓슬는지 말노 형용치 못ᄒᆞ너라 인싱이 나고 죽는 것은 텬디의 자연ᄒᆞᆫ 리치로 지어 금슈초목ᄭ지라도 싱싱ᄒᆞ는 도리와 사망ᄒᆞ는 법칙이 텬연ᄒᆞᆫ 리상이라

남녀의 신톄가 완전무결ᄒᆞ야 싱식긔의 병상이 한아 업고 특별ᄒᆞᆫ 방ᄒᆡ가 업는 이상에는 아모리 자식을 비지 안으려 ᄒᆞ여도 자연 비는 고로 음부탕즈의 사싱자

하니 우리 만일 꿈과 같이 되면 분명히 아들을 낳을 터이니 꿈대로만 되고 나면 그 아니 기쁜 노릇이오."

(심) "옛말 그른 데 어디 있소. 꿈이라 하는 것은 안 맞는 법이 없습니다. 두고 보기만 하시오. 아이를 아니 배면 모르거니와 배기만 하면 아들이 아니고 딸 될 리는 만무하오."

(부) "여보, 그 말 마시오. 나는 시집온 후로부터 아들 낳을 꿈과 딸 낳을 꿈을 몇 십 번을 꾸었는지 몰라도 아이는커녕 아무것도 안 뱁디다."

(심) "응, 마누라도. 그때에는 정성도 안 들이고 그저 꾼 꿈이니까 그렇지요. 이번에는 지내만 보시오."

부부의 득남몽이 흡사 이 같은 터에 그날 밤 그 부부의 심사는 얼마만큼 좋았는지 말로 형용치 못할러라. 인생이 나고 죽는 것은 천지의 자연한 이치로 지어 금수초목까지라도 생산하는 도리와 사망하는 법칙이 천연한 이상이라.

남녀의 신체가 완전무결하여 생식기의 병상이 하나 없고 특별한 방해가 없는 이상에는 아무리 자식을 배지 않으려 하여도 자연 배는 고로 음부탕자(淫婦蕩子)의 사생자(私生子)도

14

도 업지 안코 일시 동침에 쌍동이와 숨티즈도 낫코 십년 동거에
도 참말 눈 먼 즈식 한아 못 낫는 법도 잇ᄂ니 이것은 남녀
간에 한 아이라도 병이 잇고 업는데 달닌 것이라 비록 십년
이십년을 싱산치 못ᄒ든 사롬이라도 몸에 병근이라든지 흠절이
업셔지고 완연ᄒ 긔운이 발싱ᄒ고 보면 즈연 싱티가 되는 법이니
엇지 신명이 잇셔 즈식을 쥬는 법이 잇으며 꿈이라 ᄒ는 것은
사롬의 싱각디로 되는 것이니 엇지 뜻밧게 싱길 일이 꿈에 미리
뵈이리오 사롬이 잠이 들면 정신이 몽롱ᄒ야 취한 듯 밋친 듯
완전치 못ᄒ 터에 엇지 리두사를 헤아리며 셜혹 공교이 꿈과
갓치 되는 일이 잇다 홀지라도 이것은 밋친 사롬의 밋친 말과
슐 먹은 사롬의 취ᄒ 말이 실노 무엇을 알고 ᄒ 것이 안이로되
우연이 그러ᄒ 일이 잇고 보면 그 말이 맛는다 홈과 갓흔 것이라
만일 아들 나을 꿈을 꾸고 쭐을 낫코 보면 꿈이 분명 허사요
소위 득남몽이니 무엇이니 ᄒ는 것은 그 사롬이 미리 바라고
싱각ᄒ 정신이 골치 속에 모여 잇거나 남의게 들은 말과 보든
일이 뇌ㅅ속에 모여 잇셔 꿈이 될 뿐이라
문명ᄒ 밝은 시디 스람은 도져이 밋지 안는 거시로되 심 봉사
의 녯날 어리셕은 싱각으로 꿈을 꾸고 깃버홈은 용혹무괴12)ᄒ
일이요

없지 않고 일시 동침에 쌍둥이와 삼태자도 낳고 십년 동거에도 참말 눈 먼 자식 하나 못 낳는 법도 있나니 이것은 남녀 간에 한 아이라도 병이 있고 없는 데 달린 것이라. 비록 십 년 이십 년을 생산치 못하던 사람이라도 몸에 병근이라든지 흠절이 없어지고 완연한 기운이 발생하고 보면 자연 성태가 되는 법이니 어찌 신명이 있어 자식을 주는 법이 있으며, 꿈이라 하는 것은 사람의 생각대로 되는 것이니 어찌 뜻밖에 생길 일이 꿈에 미리 보이리오. 사람이 잠이 들면 정신이 몽롱하여 취한 듯 미친 듯 완전치 못한 터에 어찌 내두사(來頭事)를 헤아리며 설혹 공교히 꿈과 같이 되는 일이 있다 할지라도 이것은 미친 사람의 미친 말과 술 먹은 사람의 취한 말이니 실로 무엇을 알고 한 것이 아니로되 우연히 그러한 일이 있고 보면 그 말이 맞다 함과 같은 것이라.

만일 아들 낳을 꿈을 꾸고 딸을 낳고 보면 꿈이 분명 허사요. 소위 득남몽이니 무엇이니 하는 것은 그 사람이 미리 바라고 생각한 정신이 골치 속에 모여 있거나 남에게 들은 말과 보던 일이 뇌 속에 모여 있어 꿈이 될 뿐이라.

문명한 밝은 시대 사람은 도저히 믿지 않는 것이로되 심 봉사의 옛날 어리석은 생각으로 꿈을 꾸고 기뻐함은 용혹무괴(容或無怪)한 일이요,

자고로 부인네가 치셩을 단이느니 불공올 단이느니 ᄒ고 산벽
음침ᄒ 곳으로 리왕ᄒ음은 음부탕녀의 욕심을 치울 ᄲᅮᆫ이요 간혹
졍직ᄒ 부인네라도 불ᄒᆼ이 지산도 허티ᄒ고 몸ᄭᅡ지 바리는 불
칙ᄒ 폐샹이 죵죵ᄒ야 녯날 엇던 곳에셔는 부쳐의게 자식을
빌너 단이는 부녀가 즁의 자식을 만이 나엇다는 말도 과연ᄒ
사실이라

그러나 심 봉사의 부인 곽씨 갓튼 의긔와 졀긔로ᄡᅥ 그러타 ᄒ
기는 망발이거니와 셰상에 공교ᄒ 일이 ᄒ도 만아 그럿튼지
혼취 십여 년에 자식 ᄒ번 비여보지 못ᄒ든 곽씨 부인이 일자
득남몽을 ᄭᅮ고 난 후로

신샹이 불편ᄒ고 경슈가 ᄭᅳᆫ어지니 셩틱ᄒ 징됴가 완연ᄒ다 오
류 삭이 지나가미 완연이 빅가 불너 팔구 삭이 지나가니 남산
갓치 놉파온다

심 봉ᄉ 부쳐가 아모리 빈곤 즁에라도 이달이ᄂ 닉달이면 일긔
션동을 탄성ᄒ리라 ᄒ고 희희낙낙 지닉간다 과연 만삭이 다
되여는 오늘 닉일 바라기는 순산ᄒ기 츅슈러니 과연 희산시를
임박ᄒ야 곽씨 부인이 남산갓치 부른 빅를 잔쓱 움켜 붓안고
이리 되굴 뎌리 되굴 되굴되굴 구니면셔 일신을 안졉지 못ᄒ고
익고 빅야 익고 빅야

자고(自古)로 부인네가 치성을 다니느니 불공을 다니느니 하고 두메산골 음침한 곳으로 왕래함은 음부탕녀의 욕심을 채울 뿐이오. 간혹 정직한 부인네라도 불행히 재산도 허비하고 몸까지 버리는 불측한 폐상이 종종하여 옛날 어떤 곳에서는 부처에게 자식을 빌러 다니는 부녀가 중의 자식을 많이 나았다는 말도 과연 사실이라.

그러나 심 봉사의 부인 곽씨 같은 의기와 절개로써 그렇다 하기는 망발이거니와 세상에 공교한 일이 하도 많아 그렇든지 혼인 십여 년에 자식 한번 배어 보지 못하던 곽씨 부인이 일자득남몽을 꾸고 난 후로 신상이 불편하고 경수가 끊어지니 성태(成胎)한 징조가 완연하다. 대여섯 달이 지나가매 완연히 배가 불러 여덟아홉 달이 지나가니 남산같이 높아 온다.

심 봉사 부부가 아무리 빈곤 중에라도 이달이나 내달이면 일개 선동을 탄생하리라 하고 희희낙락 지나간다. 과연 만삭이 다 되어서는 오늘내일 바라기를 순산하기 두 손으로 비니 과연 해산때에 임박하여 곽씨 부인이 남산같이 부른 배를 잔뜩 움켜붙잡고 이리 뒹굴 저리 뒹굴 뒹굴뒹굴 굴리면서 몸을 편안히 하지 못하고

"애고 배야. 애고 배야."

이리 혼참 이를 쓰니 심 봉사가 눈 어두운 중에 혼편으로 반갑
기도 그지업고 혼편으로 겁을 펼적 니여 두 눈을 번쩍번쩍ㅎ며
시 사발에 정훈슈를 소반 우에 밧처놋코 순산ㅎ기 비노라니
곽씨 부인이 혼미 중에 쏭쏭 알으며 힘을 쓴다
심 봉스가 아쳐러워 창황망조13) 더듬으며 부인을 붓들고 구호
터니 거미구에 일기 옥녀를 탄싱혼다
심 봉스가 만심환희ㅎ야 참고 잇쓰든 긴 한숨을 두어 번이나
휘—휘—
쉬며 아히를 밧아너는데 아히 낫는 부인보담 아히 밧는 그 남
편이 더옥 눈이 멀둥멀둥ㅎ고 쌈을 쩰쩰 흘니다가 입이 짝 버
러뎌 말문이 툭 터진다 에그 쇠연히라 내 마음이 이러케 쇠연
ㅎ니 잇쓰든 마누라는 여복 쇠연홀ㅅ가
어허 삼을 갈나야지 에구 눈먼 것이 원수로다
다른 쌔에는 다 못 보아도 이런 쌔에ᄂ 조곰 보앗스면
일변 아히를 밧아놋코 일변 삼을 갈나놋는데 눈 밝은 사람도
이런 일을 당ㅎ고 보면 슈각이 황망14)ㅎ야

이리 한참 애를 쓰니 심 봉사가 눈 어두운 중에 한편으로 반갑기도 그지없고 한편으로 겁을 펄쩍 내어 두 눈을 번뜩번뜩 하며 새 사발에 정화수를 소반 위에 받쳐놓고 순산하기 비노라니 곽씨 부인이 혼미 중에 끙끙 앓으며 힘을 쓴다.

심 봉사가 애처로워 창황망조(蒼黃罔措) 더듬으며 부인을 붙들고 구호하더니 얼마 되지 않아 일개 옥녀가 탄생한다.

심 봉사가 만심환희(滿心歡喜)하여 참고 애쓰던 긴 한숨을 두어 번이나

"휘ー휘."

쉬며 아이를 받아내는데 아이 낳는 부인보다 아이 받는 그 남편이 더욱 눈이 멀뚱멀뚱하고 땀을 뻘뻘 흘리다가 입이 딱 벌어져 말문이 툭 터진다.

"에그, 시원해라. 내 마음이 이렇게 시원하니 애쓰던 마누라는 여북 시원할까? 어허, 삼을 갈라야지. 에구, 눈먼 것이 원수로다. 다른 때에는 다 못 보아도 이런 때에나 조금 보았으면…."

한편으로 아이를 받아 놓고 한편으로 삼을 갈라놓는데, 눈 밝은 사람도 이런 일을 당하고 보면 놀라고 당황하여 어찌할 줄 몰라

망지소조[15] 덤베거든 함을며 압 못 보는 사람이야 닐너 무엇ㅎ
리요

그러도 이리 더듬 져리 더듬 사면을 더듬어가며 삼을 갈나 누
인 후에 정신 차려 싱각ㅎ니 밋고 단단이 밋은 아달은 어티
가고 똘 낫키는 뜻밧기라 곽씨 부인이 혼미 중에 눈을 쩌셔
간난 아히 사츄리를 잠간 보고 ㅎ는 말이

익고 령감도 쑴이 분명 허사오구려

(심) 그게 웬 말이요 쑴 쑨 후로 자식 빗여 십삭 만에 순산ㅎ니
그 안이 분명ㅎ오

(부) 쑴에는 아달인데 정작에는 똘이구려

(심) 응 그거 무슨 말이요 내가 잘못 보앗나

ㅎ며 아히 몸을 어릅쓰러 한 번 다시 만져보고

응 셥셥ㅎ라 나는 쓸 자식이나 난 줄 알고 단단이 밋엇더니
글세 엇젼지 손이 밋근 지느가고 아모 것침업더구먼

아모려문 더슈요 십 삭 비고 슈고ㅎ기는 아달똘이 일반이니
아무 렴려ㅎ지 마오

귀ㅎ고 어엽쑤기는 똘이 더욱 귀업지오 친손 봉스[16]마는 못할
지느 외손봉스[17]라

갈팡질팡 덤비거든 하물며 앞 못 보는 사람이야 일러 무엇하리오.

그래도 이리 더듬 저리 더듬 사면을 더듬어가며 삼을 갈라 누인 후에 정신 차려 생각하니 믿고 단단히 믿은 아들은 어디 가고 딸 낳기는 뜻밖이라. 곽씨 부인이 혼미 중에 눈을 떠서 갓난아이 샅을 잠깐 보고 하는 말이

"애고, 영감도 꿈이 분명 허사이구려."

(심) "그게 웬 말이오. 꿈 꾼 후로 자식 배어 열 달 만에 순산하니 그 아니 분명하오?"

(부) "꿈에는 아들인데 정작에는 딸이구려."

(심) "응? 그거 무슨 말이오? 내가 잘못 보았나?"
하며 아이 몸을 어루만져 한 번 다시 만져보고

"응. 섭섭해라. 나는 쓸 자식이나 난 줄 알고 단단히 믿었더니 글쎄 어쩐지 손이 미끈 지나가고 아무 거침없더구먼. 아무려면 대수요? 열 달 배고 수고하기는 아들딸이 일반이니 아무 염려하지 마오. 귀하고 어여쁘기는 딸이 더욱 귀엽지요. 친손 봉사만은 못할지나 외손봉사라도

18

도 우리 혈속이 끈치지만 안으면 그 안이 다힝이요
아히도 아히려니와 다힝이 순산호야 마누라만 편호고 보면 텬
우신조혼 것이요 이번에 쌀 낫코 명년에 아들 나으면 그만이지
이제야 낫키 시작되여 문을 여러 노은 터에 걱정이 무엇이오
(부) 에그 한아 낫키도 어려온데 쏘 낫키를 바라겟소 쌀이느마
아달싸게 잘 길넛스면 그만이지오
(심) 암 그 말이 올치오 쌀이 아들만은 못호여도 아달도 잘못
두면 욕급션령18)홀 것이고 쌀이라도 잘만 두면 아돌 쥬고 못
밧구지오 우리 이 쌀 고이 길너 례졀 몬져 가라치고 침션방젹
다 식여셔 요죠슉녀 됴흔 비필 군즈호구19) 가리여셔
금슬우지20) 즐거옴과 종사우 진진21)호면 그 안이 됴탄 말이오
국밥을 얼는 지어 국 셰 그릇 밥 셰 그릇 삼신상 차려놋코 쥬먹
셰슈 착망건에 헌 파립을 니여쓰고 두 손을 놉피 들어 삼신젼
에 손슈 빈다
삼십삼젼 도솔쳔 삼신제왕 림림하스 굽어 살펴 보옵소셔 샤십
에 엇은 쌀자식 한두 돌에 이슬 미자 셕 돌에 피 모이고 넉
달에 인형 숨겨 다삿 달에 오쟝되

우리 혈속이 끊어지지만 않으면 그 아니 다행이오.

아이도 아이려니와 다행히 순산하여 마누라만 편하고 보면 천우신조(天佑神助)한 것이요, 이번에 딸 낳고 내년에 아들 낳으면 그만이지 이제야 낳기 시작하여 문을 열어 놓은 터에 걱정이 무엇이오."

(부) "에그. 하나 낳기도 어려운데 또 낳기를 바라겠소. 딸이나마 아들처럼 잘 길렀으면 그만이지요."

(심) "암. 그 말이 옳지요. 딸이 아들만은 못하여도 아들도 잘못 두면 조상까지 욕되게 할 것이고 딸이라도 잘만 두면 아들 주고 못 바꾸지요. 우리 이 딸 고이 길러 예절 먼저 가르치고 침선방적 다 시켜서 요조숙녀 좋은 배필 군자호구 가리어서 금슬우지(琴瑟友之) 즐거움과 종사위 진진하면 그 아니 좋단 말이오."

국밥을 얼른 지어 국 세 그릇 밥 세 그릇 삼신상 차려놓고 주먹세수에 망건 쓰고 헌 파립을 내어 쓰고 두 손을 높이 들어 삼신 전에 손수 빈다.

"삼십삼천(三十三天) 도솔천, 삼신제왕(三神帝王) 왕림하사 굽어 살펴보옵소서. 사십에 얻은 딸자식 한두 달에 이슬 맺어 석 달에 피 모이고 넉 달에 인형(人形) 생겨 다섯 달에 오장되고

45

고 여섯 달에 뉵경 나고 닐곱 달에 골격 숨겨 사만 팔쳔 혈이
나고 여덜 달에 귀 싱겨 아홉 달에 졋을 먹고 십 삭 만에 찬
짐 밧야 금각문 열고 고이 갈ᄂ쥬신 삼신님 덕틱이 틱산이 낫
습고 하회가 엿스오나 다만 독녀 똘 한아를 동방삭의 명을 바
다 틱임의 덕힝이며 반희의 지질이며 대슌증자 효힝이며 셕슝
의 복을 쥬어 외 붓듯 달 붓듯 잔병 업시 잘 갓구어 일취월쟝ᄒ
게 졈지ᄒ야 쥬옵쇼셔
빌기를 다ᄒ야 삼신상을 물닌 후에 국밥을 퍼다 놋코 산모를
먹이면셔 심 봉사는 아기를 어루만셔 허황흔 녯말노써 흥을
겨워 ᄒ는 말이
금자동아 옥녀동아 어어 간간 내 똘이야
표진강 슉향이가 네가 되여 나왓는가
은하슈 직녀셩이 네가 되여 나려왓나
금을 쥬고 너를 샤며 옥을 쥬고 너를 사랴
남뎐북답 장만흔들 이에셔 더 됴흐며
산호진쥬 어덧슨들 이에셔 더 귀ᄒ랴
이러트시 죠아ᄒ며 밤낫으로 얼우는데 곽씨 부인이 겨오 니러
나 슈일간이ᄂ 뜰 압헤 힝보터니

여섯 달에 육경 나고 일곱 달에 골격 생겨 사만 팔천 혈이 나고 여덟 달에 귀 생겨 아홉 달에 젖을 먹고 열 달 만에 찬 김 받아 금각문 열고 고이 갈라 주신 삼신님 덕택이 태산이 낮사옵고 하해가 옅사오나 다만 독녀 딸 하나를 동방삭의 명을 받아 태임의 덕행이며 반희의 재질이며 대순증자 효행이며 석숭의 복을 주어 외 붙듯 달 붓듯 잔병 없이 잘 가꾸어 일취월장하게 점지하여 주옵소서."

빌기를 다하여 삼신상을 물린 후에 국밥을 퍼다 놓고 산모를 먹이면서 심 봉사는 아기를 어루만져 허황한 옛말로써 흥에 겨워 하는 말이

"금자동아, 옥녀동아, 어어 간간 내 딸이야.

표진강 숙향이가 네가 되어 나왔는가?

은하수 직녀성이 네가 되어 내려왔나?

금을 주고 너를 사며 옥을 주고 너를 사랴?

남전북답 장만한들 여기서 더 좋으며

산호 진주 얻었던들 여기서 더 귀하랴?"

이렇듯이 좋아하며 밤낮으로 어르는데 곽씨 부인이 겨우 일어나 수일간이나 뜰 앞에 다니더니

20

뜻밧게 산후발증으로 우연 득병호야 사지를 발발 썰며 심 봉스
의 목을 안스고 알는 소리를 년히 혼다

이고 머리야 이고 다리야

이갓치 지향 업시 알는지라

심 봉스 긔 막혀 더듬더듬 어릅쓸며 부인의 알는 데를 이리
져리 만저가며

이것이 웬 일이오 정신 차려 말 좀 호오

몸살이오 톄증이오 삼신 탈이 낫느 보오

이 모양으로 이를 쓸 제 병세 점점 위중호야 가련혼 곽씨 부인
이 홀 일 업시 죽게 되니 스스로 샤지 못홀 줄을 짐작호고 심
봉스의 숀을 덤썩 잡고

후ー 탄식을 길이 호며 흐득흐득 슬피 우니

심 봉스가 눈물을 금치 못호야 마조 울고 안졋는데

곽씨 부인이 남은 힘을 다 드려셔 남편에게 유언이라

우리 부부 셔로 맛느 빅년히로홀스가 호고 간고혼 살림샤리
내가 조곰 범연호면[22] 압 못 보는 가쟝님이 노여호실싸 빅번이
느 조심호야 아못됴록 뜻을 밧아 가쟝공경호랴 호야 풍한셔
습[23] 불고호고 남촌북촌 픔을 파라 밥도 밧고 반찬 어

뜻밖에 산후별증으로 우연 득병하여 사지를 벌벌 떨며 심 봉사의 목을 안고 앓는 소리를 연발한다.

"애고, 머리야. 애고, 다리야."

이같이 지향 없이 앓는지라.

심 봉사 기가 막혀 더듬더듬 어루만지며 부인의 앓는 데를 이리저리 만져 가며

"이것이 웬일이오. 정신 차려 말 좀 하오. 몸살이오? 체증이오? 삼신 탈이 났나 보오."

이 모양으로 애를 쓸 제, 병세 점점 위중하여 가련한 곽씨부인이 하릴없이 죽게 되니 스스로 살지 못할 줄을 짐작하고 심 봉사의 손을 덥석 잡고

"후ㅡ."

탄식을 길게 하며 흐득흐득 슬피 우니, 심 봉사가 눈물을 금치 못하여 함께 울고 앉았는데, 곽씨 부인이 남은 힘을 다 들여서 남편에게 유언한다.

"우리 부부 서로 만나 백년해로할까 하고 간고(艱苦)한 살림살이 내가 조금 범연하면 앞 못 보는 가장님이 노여워하실까 백번이나 조심하여 아무쪼록 뜻을 받아 가장 공경하려 하여 풍한서습(風寒暑濕) 불구하고 남촌북촌 품을 팔아 밥도 받고 반찬 얻어

더 식은 밥은 니가 먹고 더운밥은 가쟝끠 들여 곱푸지 안코 칩지 안토록 극진 공경ᄒ엿드니 텬명이 그뿐인지 인연이 그뿐 인지 홀 일 업시 죽게 되니 눈을 감ᄉ지 못홀 터이요 불상ᄒᆫ 가쟝 신세 나 한 번 죽은 후에 헌 옷 닙고 단일 적에 어니 뉘가 기워쥬며 됴흔 음식 뉘 권ᄒ오 스고무친 혈혈단신 의탁홀 곳 젼여 업스니 박아지를 손에 쥐고 집펑이를 걸더 집고 쏠을 ᄎ ᄌ ᄂ오다가 구렁에 써러지고 돌에 치와 업더져서 신셰자탄 우는 양이 니 눈 압헤 보이는 듯 ᄒ고 가가문전 단니면서 밥 달ᄂ는 슬푼 소리가 두 귀에 징징 들니는 듯ᄒ니 나 죽은 혼빅 인들 참아 엇지 보오릿가 명산대찰 신공 들여 샤십 당년 나은 자식 졋도 변변이 못 먹이고 죽는 나는 무슴 죄요 어미 업는 어린 것은 뉘 졋 먹여 길너니오 불상ᄒᆫ 가쟝 신세 혼자 몸도 난쳐커든 더 이를 엇지ᄒ며 그 고싱을 엇지ᄒ오 멀고 먼 황쳔 길에 외로온 내 혼빅이 눈물겨워 못 가깃소
뎌 건너 리 동지게 돈 열 냥 맛겻스니 그 돈 열 냥 차자다가 쵸죵범졀 디강ᄒ고 광에 잇는 냥식은 희복 쑬노 두엇더니 못다 먹고 죽게 되니 장ᄉ 후에 두고 냥식ᄒ오 어 진ᄉ틱 관디 ᄒᆫ 벌 압 뒤 흉비 학을 놋타가 보에 싸셔 밋헤 농에 너엇스

식은 밥은 내가 먹고 더운밥은 가장께 드려 배고프지 않고 춥지 않도록 극진히 공경하였더니 천명이 그뿐인지 인연이 그뿐인지 하릴없이 죽게 되니 눈을 감지 못할 터이요. 불쌍한 가장 신세, 나 한 번 죽은 후에 헌 옷 입고 다닐 적에 어느 누가 기워 주며 좋은 음식 누가 권하리오. 사고무친(四顧無親) 혈혈단신(孑孑單身) 의탁할 곳 전혀 없으니 바가지를 손에 쥐고 지팡이를 걸어 짚고 딸을 찾아 나오다가 구렁에 떨어지고 돌에 채여 엎어져서 신세자탄 우는 모습 내 눈 앞에 보이는 듯하고 가가문전(家家門前) 다니면서 밥 달라는 슬픈 소리가 두 귀에 쟁쟁 들리는 듯하니 나 죽은 혼백인들 차마 어찌 보오리까? 명산대찰 신공 들여 나이 사십에 낳은 자식 젖도 변변히 못 먹이고 죽는 나는 무슨 죄요? 어미 없는 어린것은 뉘 젖 먹여 길러내오? 불쌍한 가장 신세 혼자 몸도 난처하거든 저 애를 어찌하며 그 고생을 어찌하오? 멀고 먼 황천길에 외로운 내 혼백이 눈물 겨워 못 가겠소.

　저 건너 이 동지에게 돈 열 냥 맡겼으니 그 돈 열 냥 찾아다가 초종범절 대강하고 광에 있는 양식은 해복 쌀로 두었더니 못다 먹고 죽게 되니 장사 후에 두고 양식하오. 어 진사댁 관대 한 벌 앞뒤 흉배 학을 놓다가 보에 싸서 밑에 농에 넣었으니

22

니 나 죽어 출상 후에 츠즈러 오거든 념려 말고 니여준 후 어린
아히 안ㅅ고 가서 졋 좀 먹여 달나 ㅎ면 응당 괄시치는 안일
듯ㅎ오

텬명으로 뎌 자식이 죽지 안코 자라느셔 졔 발노 단이거든 압
세우고 길을 물어 나의 무덤 츠자와셔 이것이 너의 죽은 모친
의 무덤이라 가라쳐 주어 모녀상봉 ㅎ게 되면 죽은 혼빅이라도
훈이 업겟소

텬명을 ᄒᆞᆯ 일 업셔 압 못 보는 가장의게 어린 자식 깃쳐 두고
영결ㅎ고 도라가셔 령감의 귀훈 몸에 익통ㅎ야 상케 ㅎ니 그
죄를 엇지 용셔ㅎ오

황텬 타일에라도 혼비빅산ㅎ야 편이 안지 못ㅎ고 령감 겻혜
등등 쩌 잇겟쇼

차성에 미진훈 인연은 후성에 다시 맛나 리별 업시 사라봅시다
나의 옥지환이 젹어 못 끼고 경틱 속에 너어 두엇스니 뎌 아히
자라거든 날 본 듯이 니여쥬시오

슈복강령 지은 궤불[24] 치여 주시고 부듸부듸 고이 길너 종사를
닛게 ㅎ시오

말을 ᄆᆞᆾ치고 잡은 손을 슬으를 놋터니 한숨 한 번을 길게 쉬고
어린 아히를 잡아달여 얼골 한 번 듸여보고 쏘 다시 ᄒᆞᄂᆞᆫ 말이
텬디도 무심ㅎ고 귀신도 야속ㅎ다

나 죽어 출상 후에 찾으러 오거든 염려 말고 내어 준 후 어린 아이 안고 가서 젖 좀 먹여 달라 하면 응당 괄시치는 않을 듯하오.

천명으로 저 자식이 죽지 않고 자라나서 제 발로 다니거든 앞세우고 길을 물어 나의 무덤 찾아와서 이것이 너의 죽은 모친의 무덤이라 가르쳐 주어 모녀 상봉하게 되면 죽은 혼백이라도 한이 없겠소.

천명을 하릴없어 앞 못 보는 가장에게 어린 자식 끼쳐 두고 영결하고 돌아가서 영감의 귀한 몸이 애통하여 상케 하니 그 죄를 어찌 용서하오. 황천 가서 다른 날에라도 혼비백산하여 편히 앉지 못하고 영감 곁에 둥둥 떠 있겠소. 이승에 미진한 인연은 후생에 다시 만나 이별 없이 살아 봅시다.

나의 옥지환이 작아 못 끼고 경대 속에 넣어 두었으니 저 아이 자라거든 날 본 듯이 내어 주시오. 수복강녕(壽福康寧) 지은 노리개 채워 주시고 부디부디 고이 길러 종사를 잇게 하시오."

말을 그치고 잡은 손을 스르르 놓더니 한숨 한 번을 길게 쉬고 어린아이를 잡아들여 얼굴 한 번 대어 보고 또다시 하는 말이

"천지도 무심하고 귀신도 야속하다.

23

네가 진작 싱기거나 내가 조곰 더 살거나

네가 나자 내가 죽어 스세가 이러ㅎ니 궁텬극디25) 깁푼 혼을

널노 ㅎ야 품게 ㅎ니

죽는 어미 사는 자식 싱스 간에 무슴 죄냐

뉘 졋 먹고 사라나며 뉘 품에셔 잠을 자랴

불상ㅎ다 우리 아기 오날 내 졋 망죵 먹고

어셔어셔 자라거라

이 말을 겨오 ㅎ고 다시는 말도 못ㅎ는데 눈물은 비가 되고

한숨은 바람이라 쑬곡질 두어 번에 엇기츔을 실눅실눅ㅎ며 니

를 으드득 쌔드덕 갈며 다시

익고 원통히여라

소리를 텬디진동ㅎ게 혼 번 지르고 엽흐로 쓰러뎟다

심 봉스는 죽는 쥴을 아지 못ㅎ고 아마 아직 죽지는 안코 죽으

려고 익를 쓰느 보다 ㅎ고 부인의 목을 쓰러안고 얼골을 혼

데 디이고 문지르며 ㅎ는 말이

마누라 마누라 이게 웬 일이오

날 바리고 죽으랴오

네가 진작 생기거나 내가 조금 더 살거나. 네가 나자 내가 죽어 사세가 이러하니 궁천극지(窮天極地) 깊은 한을 너로 하여 품게 하니 죽는 어미 사는 자식 생사 간에 무슨 죄냐? 뉘 젖 먹고 살아나며 뉘 품에서 잠을 자랴?

불쌍하다, 우리 아기. 오늘 내 젖 망종 먹고 어서어서 자라라."

이 말 겨우 하고 다시는 말도 못하는데 눈물은 비가 되고 한숨은 바람이라. 딸꾹질 두어 번에 어깨춤을 실룩실룩하며 이를 으드득 빠드득 갈며 다시

"애고, 원통하여라."

소리를 천지진동하게 한 번 지르고 옆으로 쓰러졌다.

심 봉사는 죽는 줄을 알지 못하고 아마 아직 죽지는 않고 죽으려고 애를 쓰나 보다 하고 부인의 목을 쓸어안고 얼굴을 한데 대이고 문지르며 하는 말이

"마누라, 마누라. 이게 웬일이오. 날 버리고 죽으려오?

24

정신 차려 말 좀 ᄒᆞ오

ᄒᆞᆫ춤 이리 잇쓰다가 부인에 디답이 아조 감감ᄒᆞ야 아모 말도
업는지라

의심이 더럭 나셔 가슴에 숀을 너어 싱ᄉᆞ를 취믹ᄒᆞ니 믹이 임
의 ᄭᅳᆫ어덧다 그리도 자세치 안이ᄒᆞ야 코에 숀을 디여보니 찬바
람이 훅훅 난다

심 봉ᄉᆞ가 긔가 막혀 가슴을 쌍쌍 두다리며 머리를 쌍쌍 부듸
지며 우름통이 터지는데

여누달이 ᄒᆞ는 말이

익구 곽씨 죽엇구나 참말노 죽엇구나

여보 마누라 이게 웬 일이오 웨 죽엇소 그디가 살고 내가 죽엇
스면 뎌 자식을 길을 터인데

그디가 죽고 내가 ᄉᆞ랏스니 뎌 자식을 엇지 ᄒᆞ오 동지 쟝야
긴긴 밤에 살갓치 모진 바람 쌀쌀 드리 불 졔 무엇 닙혀 길너너며
무월동방 침침야에 졋 둘ᄂᆞ고 우는 소리 두 귀에 징징ᄒᆞᆫ들 뉘
졋 먹여 살녀닐가 간쟝이 텰셕인들 안이 썩고 엇지ᄒᆞᆯ가

마지 마지 죽지 마지 우리 냥쥬 뎡ᄒᆞᆫ 뜻이 평싱을 다 살도록
사지동거[26] ᄒᆞ쟛더

정신 차려 말 좀 하오."

한참 이리 애쓰다가 부인의 대답이 아주 감감하여 아무 말도 없는지라. 의심이 더럭 나서 가슴에 손을 넣어 생사를 취맥하니 맥이 이미 끊어졌다. 그래도 분명치 아니하여 코에 손을 대어 보니 찬바람이 훅훅 난다. 심 봉사가 기가 막혀 가슴을 꽝꽝 두드리며 머리를 땅땅 부딪치며 울음통이 터지는데 연달아 하는 말이

"애구, 곽씨 죽었구나. 참말로 죽었구나. 여보, 마누라. 이게 웬일이오. 왜 죽었소. 그대가 살고 내가 죽었으면 저 자식을 기를 터인데 그대가 죽고 내가 살았으니 저 자식을 어찌 하오? 동지 장야 긴긴 밤에 살같이 모진 바람 살살 들이 불 제 무엇 입혀 길러 내며 무월동방(無月洞房) 침침야에 젖 달라고 우는 소리 두 귀에 쟁쟁한들 뉘 젖 먹여 살려 낼까? 간장이 철썩인들 아니 썩고 어찌할까?

말지, 말지, 죽지 말지. 우리 부부 정한 뜻이 평생을 다 살도록 함께 죽고 함께 살자 했더니

25

니 넘나국이 어디라고 날 바리고 혼자 가고 뎌것 두고 간 연후
에 어늬 째나 오랴시오

솟츤 덧다 다시 퓌고 금일에 지는 희는 명일에 다시 오건만은
마누라 가신 곳은 혼 번 가면 못 올 터이니 삼천벽도 요디연에
셔왕모를 짜라 갓쇼 월중단계 놉흔 집에 항아씨를 차자 갓쇼
마누라는 잘 갓소마는 나는 누구를 짜라갈스고 이고이고 원통
ᄒ고 슬푸구나

이러트시 슬피 울 제 도화동 남녀노쇼가 구름 모이듯 모여와셔
눈물지고 ᄒ는 말이

현쳘ᄒ든 곽씨 부인 즈질도 긔이ᄒ고 힝실도 거룩터니 반셰상
도 치 못 살고 죽단 말이 웬 말인고 스라셔도 불상터니 죽어셔
도 불상코나 뎌 어린 것 버려두고 눈을 엇지 감엇슬가

그 중에도 귀덕 어미라 ᄒ는 녀인은 곽씨와 절친이라 눈물을
흠쳑흠쳑 흑흑 늣겨 울고 잇다가

에그 불상혼 곽씨 혼빅 초혼이나 불넌는지 사지밥27)이나 지여
주자

염라국이 어디라고 날 버리고 혼자 가고 저것 두고 간 연후에 어느 때나 오려 하시오. 꽃은 졌다 다시 피고 오늘 지는 해는 내일 다시 오건마는 마누라 가신 곳은 한 번 가면 못 올 터이니 삼천벽도(三千碧桃) 요지연에 서왕모를 따라갔소? 월중단계(月中丹桂) 높은 집에 항아씨를 찾아갔소? 마누라는 잘 갔지마는 나는 누구를 따라갈고? 애고애고. 원통하고 슬프구나."

이렇듯이 슬피 울 제 도화동 남녀노소가 구름 모이듯 모여와서 눈물짓고 하는 말이

"현철하던 곽씨 부인 자질도 기이하고 행실도 귀하더니 반세상도 채 못 살고 죽었단 말이 웬 말인고? 살아서도 불쌍하더니 죽어서도 불쌍하구나! 저 어린것 버려두고 눈을 어찌 감았을까?"

그중에도 귀덕 어미라 하는 여인은 곽씨와 절친이라. 눈물을 훔척훔척 흑흑 흐느껴 울고 있다가

"에그, 불쌍한 곽씨 혼백. 초혼이나 불렀는지 사잣밥이나 지어 주자."

26

흐고 뒤주에 쏠을 너여 서홉식 쩌가지고 부억으로 들어가셔 급급히 밥을 지여 슈지밥 세 그릇을 상 우에 밧쳐 노으니 심 봉스는 돈 서 돈을 너다 놋코 동리 사름 신 세 켜리 구흐여다 상 압혜 노은 후에 심 봉스 비는 말이 인정 왕니 부족흐나 이느 마 바다 들고 머나면 황텬길에 부디 평안이 가시오 흐고 쏘 곽씨 입든 적슴 하나 흔 손으로 옷깃을 쥐고 머리 우에 빙빙 두루면셔

황쥬 도화동 거흐는 현풍 곽씨

황쥬 도화동 거흐는 현풍 곽씨

황쥬 도화동 거흐는 현풍 곽씨

이갓치 세 번을 부른 후에

못다 산 명복은 어린 쏠 심청에게 물녀쥬오

이갓치 부르더라

동리 사름들이 셔로 공론흐기를

우리 동리 빅여호가 집집마가 출염흐야 감장28)이나 흐야 쥬자

의론이 여일 되여 의금관곽을 정졔이 흐고 향양지디29)를 가 리여셔 삼일 영장을 지니는데

하고 뒤주의 쌀을 내어 서 홉씩 떠 가지고 부엌으로 들어가서 급급히 밥을 지어 사잣밥 세 그릇을 상 위에 받쳐 놓으니 심 봉사는 돈 서 돈을 내다 놓고 동리 사람 신 세 켤레 구하여 상 앞에 놓은 후에 심 봉사 비는 말이

"인정 왕래 부족하나 이나마 받아 들고 머나먼 황천길에 부디 평안히 가시오."

하고 또 곽씨 입던 적삼 하나 한 손으로 옷깃을 쥐고 머리 위에 빙빙 두르면서

황주 도화동 거하는 현풍 곽씨
황주 도화동 거하는 현풍 곽씨
황주 도화동 거하는 현풍 곽씨

이같이 세 번을 부른 후에

"못다 산 명복은 어린 딸 심청에게 물려주오."

이같이 부르더라.

동리 사람들이 서로 공론하기를

"우리 동리 백여 호가 집집마다 추렴하여 감장이나 하여 주자."

의논이 하나 되어 의금관곽을 정제하고 향양지지(向陽之地) 가리어서 삼일 영장 지내는데

소나무 디치와 참나무 연츄ㅅ디에 잘게 결은 슉마쥴을 네 귀 번듯 골느 놋코 방산 기자 덥흔 후에 룡두머리 봉의 ㅆ리 홍ㅅ 위룡 쳥ㅅ초롱 네 귀에 다라 놋코 빅셜갓튼 미명 세 폭 남슈화 쥬30) 깃을 다라 네 귀 번듯 벗쳐 놋코 발인졔 지닌 후에 닐곱 우물 상두군이 쩌메이고 쳐량흔 목소리로 위호 남문 열고 바라 쳣다 위호 위호

이러트시 나갈 적에 심 봉ㅅ는 어린 아히를 강보에 둘둘 싸셔 귀덕 어미를 막겨 두고 집팡막디를 걸더 집고 상예 뒤에 짜라 가며

익고 익고 마누라야 날 바리고 어디 가오

이 모양으로 슬퍼홀 졔 오 리 길이 잠간이라 션산에 당도ㅎ야 하관ㅎ고 봉분 후에 심 봉ㅅ가 더욱이 이통ㅎ야 흑흑 늣겨 우 는 말이

날 바리고 가는 부인 한탄흔들 무엇 ㅎ리 황텬으로 가는 길은 긱뎜도 업다 ㅎ니 어디로 가랴ㅎ오 불상ㅎ고도 야쇽ㅎ오 압 못 보는 이놈에게 뎌 자식을 씻쳐 두고 영결죵텬 ㅎ단 말이오 인졍 잇는 마누라가 엇지 그리 야쇽ㅎ오

익고 익고 불상히라 마누란들 가구 십허 가겟쇼마는 간 사롬도 불상커니와

소나무 대채와 참나무 연춧대에 잘게 얽은 숙마줄을 네 귀 번듯 골라 놓고 방산 개자 덮은 후에 용두머리 봉의 꼬리 홍사등롱 청사초롱 네 귀에 달아 놓고 백설 같은 무명 세 폭 남수하주(藍繡霞調) 깃을 달아 네 귀 번듯 받쳐 놓고 발인제 지낸 후에 일곱 우물 상두꾼이 떠메고 처량한 목소리로

"위호, 남문 열고 바라 쳤다. 위호, 위호."

이렇듯이 나갈 적에 심 봉사는 어린아이를 강보에 둘둘 싸서 귀덕 어미에게 맡겨 두고 지팡막대를 걸어 짚고 상여 뒤에 따라가며

"애고, 애고, 마누라야. 날 버리고 어디 가오."

이 모양으로 슬퍼할 제, 오 리 길이 잠깐이라. 선산에 당도하여 하관하고 봉분 후에 심 봉사가 더욱이 애통하여 흑흑 느껴 우는 말이

"날 버리고 가는 부인, 한탄한들 무엇 하리. 황천으로 가는 길은 객점도 없다 하니 어디로 가려 하오. 불쌍하고도 야속하오. 앞 못 보는 이놈에게 저 자식을 끼쳐 두고 영결종천 한단 말이오. 인정 있는 마누라가 어찌 그리 야속하오. 애고, 애고, 불쌍해라. 마누란들 가고 싶어 가겠소마는 간 사람도 불쌍하거니와

28

사라 잇ᄂᆞᆫ 두 목숨은 장ᄎᆞ 엇지 혼단 말고

익고 익고 긔막혀라

이와 ᄀᆞᆺ치 울음 ᄉᆞᆺ혜 몸부림을 쌍쌍 ᄒᆞ며 무덤 우으로 듸굴듸

굴 구을면셔 이통ᄒᆞᄂᆞᆫ 슬푼 모양은 ᄎᆞᆷ아 볼 수 업슬너라

슈다ᄒᆞᆫ 장ᄉᆞ 회긱들이 뉘 안이 서러ᄒᆞ리오

어늬 쟝ᄉᆞ라고 슬푸지 안일 것은 안이로되 심 봉ᄉᆞ의 정경이며

곽씨 부인의 죽은 ᄉᆞ세ᄂᆞᆫ 남 달니 매촘ᄒᆞ다 ᄒᆡ 다 져셔 황혼

되니 동리 사롬의게 의지ᄒᆞ야

허동지동 도라오ᄂᆞᆫ 심 봉ᄉᆞ가 집안으로 들어가니 텡텡 뷔인

젹막공방 음풍만 슬슬 돌고 횡덩글엉 뷔인 부억 인젹이 망연ᄒᆞ

다 궤발 무러 던진 듯ᄒᆞᆫ31) 어린 아희 한아 ᄲᅮᆫ이라

발건 어린이를 헌 걸네로 싸서 안ᄉᆞ고 니불도 더듬더듬 베긔도

만져보며 자탄ᄒᆞ며 우ᄂᆞᆫ 말이

전에 덥든 니불은 의구히 잇다마는 누와 ᄀᆞᆺ치 덥고 자며

전에 베든 베긔는 의연히 잇다마는 누와 갓치 베고 잘ᄉᆞ가

빗든 빗졉32)과 밧든 밥상은 의구히 잇다마는 우리 마누라는

어듸 갓소

살아 있는 두 목숨은 장차 어찌 한단 말인고. 애고, 애고. 기막혀라."

이와 같이 울음 끝에 몸부림을 땅땅 하며 무덤 위로 데굴데굴 구르면서 애통하는 슬픈 모양은 차마 볼 수 없을러라. 수다한 장사 조문객들이 뉘 아니 설워하리오.

어느 장사(葬事)라고 슬프지 않을 것은 아니로되 심 봉사의 정경이며 곽씨 부인의 죽은 사세는 남달리 비참하다. 해 다 져서 황혼 되니 동리 사람에게 의지하여 허둥지둥 돌아오는 심 봉사가 집 안으로 들어가니 텅텅 빈 적막공방 음풍만 슬슬 돌고 휑뎅그렁 빈 부엌 인적이 망연하다. 게 발 물어 던진 듯한 어린아이 하나뿐이라.

벗은 어린애를 헌 걸레로 싸서 안고 이불도 더듬더듬 베개도 만져 보며 자탄하며 우는 말이

"전에 덮던 이불은 의구히 있다마는 뉘와 같이 덮고 자며, 전에 베던 베개는 의연히 있다마는 뉘와 같이 베고 잘까? 빗던 빗 함과 받던 밥상은 의구히 있다마는 우리 마누라는 어디 갔소?"

29

이갓치 슬퍼ᄒ며 밋친 듯 취ᄒ 듯 이웃집으로 뛰여가셔
마누라 마누라 여긔 왓소 여긔 왓소 응 헛불넛군

이와 갓치 불너도 보고 어린이를 품에 품ᄉ고 이 집 져 집 단이
면셔 졋을 어더 먹인 후에 뷘 집으로 도라와셔 혼자말노 탄식
이라

불상ᄒ다 불상ᄒ다 너를 두고 죽단 말가 오날은 졋을 어더 먹
엿스나 니일은 뉘 집 가셔 어더먹을ᄉ고

이갓치 탄식ᄒ며 허동지동 단이면셔 밋친 듯이 셜워ᄒ더니 도
로 풀쳐 싱각ᄒ고 슬픈 마음 강잉ᄒ야33) 풍우를 무릅쓰고 어린
아희 잇는 집은 ᄎ례로 ᄎᄌ 가셔 동량졋을 어더 먹이ᄂᆫ데 눈
은 어두오나 귀ᄂᆫ 밝은 터이라 말결 눈치 보아가며 졋동량을
근히 ᄒ다

동지 쟝야 긴긴 밤에 젼젼불미 지너다가 시ᄂᆫ 날 아침결에 인
간 자취 얼ᄂᆫ 듯고 문밧게 썩 ᄂ셔며 오날은 이 집 가고 니일은
져 집 가셔

여보시오 부인님네들 어미 죽은 갓난 아희 졋 조곰만 먹여줍
시오

이갓치 어더 먹이고 힝 다 져셔 일모ᄒ면 밤시 올 일 싱각ᄒ고
한 손에 아기 안ᄉ고 ᄒ 손에 막디 집고 가가문젼 단이면셔

이같이 슬퍼하며 미친 듯 취한 듯 이웃집으로 뛰어가서

"마누라, 마누라. 여기 왔소? 여기 왔소? 응, 잘못 불렀군."

이와 같이 불러도 보고 어린애를 품에 품고 이 집 저 집 다니면서 젖을 얻어 먹인 후에 빈집으로 돌아와서 혼잣말로 탄식이라.

"불쌍하다. 불쌍하다. 너를 두고 죽는단 말인가? 오늘은 젖을 얻어 먹였으나 내일은 뉘 집 가서 얻어먹을꼬?"

이같이 탄식하며 허둥지둥 다니면서 미친 듯이 설워하더니 다시 돌이켜 생각하고 슬픈 마음 억지로 참아 풍우를 무릅쓰고 어린아이 있는 집은 차례로 찾아가서 동냥젖을 얻어 먹이는데, 눈은 어두우나 귀는 밝은 터이라. 말결과 눈치 보아가며 젖동냥을 근근이 한다.

동지 장야 긴긴 밤에 전전불매(輾轉不寐) 지내다가 새는 날 아침결에 인간 자취 얼른 듣고 문밖에 썩 나서며 오늘은 이 집 가고 내일은 저 집 가서

"여보시오, 부인님들. 엄마 죽은 갓난아이 젖 조금만 먹여 줍시오."

이같이 얻어 먹이고 해 다 져서 날이 저물면 밤새 올 일 생각하고 한 손에 아기 안고 한 손에 막대 짚고 가가문전(家家門前) 다니면서

30

여봅시오 부인네들 이 아히 졋 좀 먹여쥬오

압 못 보는 늘노 본들 엇지ᄒ며 불상이 죽은 곽씨를 싱각ᄒ여
도 괄시치 말으시고 덕에 귀ᄒ 아기 먹다 남은 졋 ᄒ 통만 먹여
쥬시면

불상ᄒ 이 아희에게 그 안니 죠흔 일이오

이 모양으로 단일 젹에 륙칠 월 쏘약볏헤 김미다 쉬는 데도
차자가고 시너ᄉ가 샐니ᄒ는 부인들끠도 차자가셔

션심ᄒᆸ시오 션심ᄒᆸ시오 불상ᄒ 어미 죽은 아히 졋 못 먹여 굴
머 죽겠소 졋 ᄒ 통만 션심ᄒ시오

이러트시 구걸ᄒ니 그 즁에도 인졍 잇는 부인네들은

에그 불상ᄒᆯ라 어미죽은 져 아히야 비가 곱파 여복홀ᄉ가
우리도 어린것 두고 만일 ᄒ 번 죽어보면 져 디경이 될 터이지
그 아히 이리 쥬오 니 졋 ᄒ 통 먹여쥬오리다

눈물 지며 죠흔 말노 아히를 밧아 먹여쥬고 엇던 무지ᄒ 부인
들은

에그 망측ᄒ여라 불상ᄒᆯ도 제 팔ᄌ지 셰상에 난 지 열을도 못
되야 어미붓터 잡아먹고 고런 방졍쑤럭이 고런 쳥승쑤럭이

"여보시오, 부인네들. 이 아이 젖 좀 먹여 주오. 앞 못 보는 나를 본들 어찌하며 불쌍히 죽은 곽씨를 생각하여도 괄시치 마시고 댁에 귀한 아기 먹다 남은 젖 한 통만 먹여 주시면 불쌍한 이 이아에게 그 아니 좋은 일이오."

이 모양으로 다닐 적에 유칠 월 뙤약볕에 김매다 쉬는 데도 찾아가고 시냇가 빨래하는 부인들께도 찾아가서

"선심 쓰시오. 선심 쓰시오. 불쌍한 어미 죽은 아이 젖 못 먹여 굶어 죽겠소. 젖 한 통만 선심 쓰시오."

이렇듯이 구걸하니 그중에도 인정 있는 부인네들은

"에구, 불쌍해라. 어미 죽은 저 아이아야 배가 고파 여북할까? 우리도 어린것 두고 만일 한 번 죽어 보면 저 지경이 될 터이지. 그 아이 이리 주오. 내 젖 한 통 먹여 주오리다."

눈물지으며 좋은 말로 아이를 받아 먹여 주고, 어떤 무지한 부인들은

"에그, 망측하여라. 불쌍히도 제 팔자지. 세상에 난 지 열흘도 못 되어 어미부터 잡아먹고 그런 방정꾸러기, 그런 청승꾸러기.

31

우리 아히도 낫바흐는 졋을 남 됴흔 일ㅅ지 누가 홀ㅅ고

또 아모리 넉넉흐기로 일이 밧바 죽겟는데 언제 남의 이 졋
먹이고

그런 소리는 흐지도 말고 다른 데나 가보시오

이 모양으로 쎼는지라 심 봉ㅅ가 요힝 착흔 부인네를 맛나
잘 어더 먹인 날은 어린이가 비가 불눅흐여지고 심악흔 부인네
들이나 맛나여 잘 어더 먹이지 못흔 날은 아히 비가 납쥭흐니
눈으로는 보지 못흐닛가 손으로 슬슬 만져보아 아히 비를 치여
준 눌은 양지 발은 언덕 밋헤 팔을 버리고 안자 쉬며 마음에
흡족흐야 익기를 어루면셔 혼자말노

아가 아가 우리 아가 자느냐 웃느냐 그 ㅅ이 얼마느 컷느냐
에그 눈ㅅ갈이 잇스면 흔 번 보앗스면 올치 슈가 잇다

흐고 쟝쎔을 잔득 쎔어 이리져리 쎔어 보더니 손쎅을 쳑쳑
치며

씩— 허허—

디소흐며 흐는 말이

올타 그 ㅅ이에 조곰 무던이 컷다

응 그러나 어셔어셔 쉬이 커라

우리 아이도 부족해 하는 젖을 남 좋은 일까지 누가 할꼬?"

또

"아무리 넉넉하기로 일이 바빠 죽겠는데 언제 남의 애 젖 먹일꼬? 그런 소리는 하지도 말고 다른 데나 가보시오."

이 모양으로 떼는지라.

심 봉사가 요행 착한 부인네를 만나 잘 얻어 먹인 날은 어린 애가 배가 볼록하여지고, 심악한 부인네들이나 만나 잘 얻어 먹이지 못한 날은 아이 배가 납죽하니, 눈으로는 보지 못하니까 손으로 슬슬 만져 보아 아이 배를 채워 준 날은 양지바른 언덕 밑에 팔을 벌리고 앉아 쉬며 마음에 흡족하여 애기를 어르면서 혼잣말로

"아가, 아가, 우리 아가. 자느냐, 웃느냐? 그사이 얼마나 컸느냐? 에그, 눈깔이 있으면 한 번 보았으면…. 옳지! 수가 있다."

하고 장뼘을 잔뜩 뼘어 이리저리 뼘어 보더니 손뼉을 척척 치며

"씩―. 허허."

대소하며 하는 말이

"옳다. 그사이에 조금 무던히 컸다. 응. 그러나 어서어서 쉬이 커라.

32

나는 아모리 굼드라도 너 혼 아이야 못 엇어 먹이랴 념려 말고
어서 커서 너의 모친갓치 현철호고 효힝 잇거라

웅 그러야 아비게 귀엄 밧지야─

어려셔 고싱호면 커셔는 부귀다남호느니라

심 봉ᄉ가 졋동량만 그갓치 홀 쑨 안니라 삼베 젼ᄃ를 길게
지여 왼 엇기에 둘너메고 이 집 져 집 단니면셔 한편은 쑬을
밧고 ᄯ 혼편은 강베 어더 쥬는 ᄃ로 밧아들고 혼둘 류장³⁴⁾
쟝 동양도 호야 혼 푼 두 푼 어들 젹에 어리셕고 허황혼 풍속이
라 모로는 사롬들은

앗짜 이 쟝님은 졈이나 치러 단니지 동양은 웨 단니오 여보
내 졈이나 혼 번 쳐 쥬시오 잘만 쳐 알아주면 졈치를 줄 터이니

(심) 여봅시오 짝도 호시오 졈이라는 것은 자고로 거즛말이웻
다 졈 쳐셔 아는 법이 어듸 잇답듯가

눈 뜬 사롬도 모로는 일을 눈 감어 보지도 못호는 놈더러 무엇
을 알아 달느 호시오

나는 그 짜위 사롬 속이는 거즌말은 홀 줄을 몰으오

나는 아무리 굶더라도 아이 너 하나야 못 얻어 먹이랴. 염려 말고 어서 커서 너의 모친같이 현철하고 효행 있어라. 응, 그래야 아비에게 귀염 받지—.

어려서 고생하면 커서는 부귀다남(富貴多男) 하느니라."

심 봉사가 젖동냥만 그같이 할 뿐 아니라 삼베 전대를 길게 지어 왼쪽 어깨에 둘러메고 이 집 저 집 다니면서 한편은 쌀을 받고 또 한편은 벼를 얻어 주는 대로 받아들고 한 달 육장(六場) 장 동냥도 하여 한 푼 두 푼 얻을 적에 어리석고 허황한 풍속이라 모르는 사람들은

"아따, 이 장님은 점이나 치러 다니지 동냥은 왜 다니오? 여보, 내 점이나 한 번 쳐 주시오. 잘만 쳐 알아 주면 복채를 줄 터이니."

(심) "여보시오, 딱도 하시오. 점이라는 것은 자고로 거짓말이외다. 점 쳐서 아는 법이 어디 있답디까? 눈 뜬 사람도 모르는 일을 눈 감아 보지도 못하는 놈더러 무엇을 알아 달라 하시오. 나는 그따위 사람 속이는 거짓말은 할 줄을 모르오."

33

엇던 사롬은

쟝님이 경이ᄂ 닑으러 단니지 동양을 웨 ᄒ고 잇소

(심) 경은 닑어 무엇 ᄒ시오

귀신이 잇기로 경 닑는다고 쫏겨 가겟소

죠혼 일 그른 일이 다 졔게 달니고 하늘에 둘닌 것인데 경 닑으
면 될 터이오

망영의 말슴도 그만 두시오

나도 전에ᄂ 점 치고 경 닑으면 무슨 효험이 잇ᄂ 쥴을 아랏스
나 다 쓸데업는 말입듸다

귀신 공경을 밤낮 정성으로 ᄒ든 우리 마누라는 산후발ㅅ증에
얼는 잡바집듸다

심 봉ᄉ의 ᄒᄂ 말이 스리에 당연ᄒ고 턴리에 합당컨마는 우미
ᄒ 인민들은 경 닑고 점 치라고 맛나면 권고ᄒ나 긔인취물35)
안된 일은 결단코 안이 ᄒ고 ᄒ 푼 두 푼 ᄒ 줌 두 줌 곡식
되 돈량을 부즈러니 모아들여 즈긔 몸은 버셔가며 즈긔 빈는
쥬려가며 불상ᄒ 그 똘 심쳥이를 극력 양육ᄒ노라고 암죽 슐
강엿 푼엇치 조곰식 익겨가며 쓰고 남은 것 져츅ᄒ야 그 부인
곽씨 혼령을 정성으로 위로ᄒ야 믜

어떤 사람은

"장님이 경이나 읽으러 다니지 동냥을 왜 하고 있소?"

(심) "경은 읽어 무엇 하시오? 귀신이 있기로 경 읽는다고
쫓겨 가겠소? 좋은 일 그른 일이 다 제게 달리고 하늘에 달린
것인데 경 읽으면 될 터이오?

망령된 말씀도 그만두시오. 나도 전에는 점 치고 경 읽으면
무슨 효험이 있는 줄을 알았으나 다 쓸데없는 말입디다. 귀신
공경을 밤낮 정성으로 하던 우리 마누라는 산후별증에 얼른
자빠집디다."

심 봉사의 하는 말이 사리에 당연하고 천리에 합당하건마는
우매한 인민들은 경 읽고 점치라고 만나면 권고하나 사람을
속여 재물 뺏는 것이나 안 되는 일은 결단코 하지 않고, 한 푼
두 푼 한 줌 두 줌 곡식 되어 돈냥을 부지런히 모아들여 자기
몸은 벗어 가며 자기 배는 주려 가며 불쌍한 그 딸 심청이를
극력 양육하느라고 암죽 쑬 검은엿 푼어치 조금씩 아껴 가며
쓰고 남은 것 저축하여 그 부인 곽씨 혼령을 정성으로 위로하여
매월

34

월 삭망 소대샹을 례법으로 지니드라

심쳥이는 불샹훈 아희라 하늘이 도앗든지 잔병 업시 잘 자라여

류슈광음 건듯 지느 륙칠 셰에 당도호니

얼골은 국식이오

인스는 민첩호고

효힝이 츌텬호고

소견이 탁월호며

착호기 긔린이라

부친의 죠셕공경과 모친의 긔졔스를 어룬을 압두호니 뉘 안이 칭찬호리요

하로는 그 부친씌 호는 말이

져는 비록 어린이오나 즈식 도리는 일반인데오

셩현의 훈계홈도 임의 비와 알거니와

말 못호는 미물의 즘싱 가마귀도 공림 즁 져문 눌에 반포지셩을 다 호구요

왕샹은 어름궁게셔 니어를 낙가 병든 부모를 살녀 니구요

밍죵은 엄동셜한에 죽슌을 어더다가 부모님을 봉양호엿다는데

삭망 소대상을 예법으로 지내더라.

심청은 불쌍한 아이라. 하늘이 도왔던지 잔병 없이 잘 자라 흐르는 물 같이 **빠른** 세월 건듯 지나 육칠 세에 당도하니, 얼굴은 국색이오. 인사는 민첩하고, 효행이 출천하고, 소견이 탁월하며 착하기 으뜸이라.

부친의 조석공경과 모친의 기제사를 어른을 압도하니 뉘 아니 칭찬하리오.

하루는 그 부친께 하는 말이

"저는 비록 어린애이오나 자식 도리는 일반입니다. 성현의 훈계함도 이미 배워 알거니와 말 못하는 미물의 짐승 까마귀도 공림(空林) 중 저문 날에 반포지성을 다 하고요. 왕상은 얼음 구멍에서 잉어를 낚아 병든 부모를 살려 내고요. 맹종은 엄동설한에 죽순을 얻어다가 부모님을 봉양하였다는데

35

나는 웨 아부지 봉양 못 흐겟슴닛가

아부지끠셔 눈 어두오셔 좁은 데 넓은 데 놉푼 데 느즌 데 깁푼 데 얏튼 데 급흐고 험흔 길에 쳔방지축 단니시다가 다치기도 쉽고 비 오는 눌 눈 오는 눌 바룸 부는 눌에 병늭실ㅅ가 넘려올시다 오늘부터는 아부지끠셔 집을 보시면 제가 느가 단기면셔 밥을 비러 죠셕지공을 흐겟슴니다

심 봉ㅅ가 그 말을 듯고 디소흐며 흐는 말이

이이 네 말이 효녀로다 인졍은 그러흐느 어린 너를 너보내고 안져 잇셔 밧아먹는 내 마음이 엇지 편흐겟느냐 아셔라 그만 두어라

심쳥이가 눈물을 쩌러치며 다시 흐는 말이

넷날에 졔영은 락양옥즁에 갓친 아비를 위흐야 졔 몸을 파라 그 부친을 속죄케 흐엿는데 그런 일을 싱각흐고 아부지 고싱흐시는 것을 싱각흐니 엇지 슬푸지 안슴닛가

아부지 졍말 고집흐지 마시오

닉가 암만 죠곰 아히도 아모 실수 업시 단길 터이니 넘려 말고 집에 곕시오

심 봉ㅅ가 마지못흐야 허락흐는 말이

저는 왜 아버지 봉양을 못하겠습니까?

아버지께서 눈 어두우셔 좁은 데 넓은 데 높은 데 낮은 데 깊은 데 얕은 데 급하고 험한 길에 천방지축 다니시다가 다치기도 쉽고 비 오는 날 눈 오는 날 바람 부는 날에 병나실까 염려됩니다. 오늘부터는 아버지께서 집을 보시면 제가 나가 다니면서 밥을 빌어 조석지공을 하겠습니다."

심 봉사가 그 말을 듣고 대소하며 하는 말이

"얘야, 네 말이 효녀로다. 인정은 그러하나 어린 너를 내보내고 앉아 있어 받아먹는 내 마음이 어찌 편하겠느냐? 아서라, 그만두어라."

심청이 눈물을 흘리며 하는 말이

"옛날에 제영은 낙양 옥중에 갇힌 아비를 위하여 제 몸을 팔아 그 부친을 속죄케 하였는데, 그런 일을 생각하고 아버지 고생하시는 것을 생각하니 어찌 슬프지 않습니까? 아버지, 정말 고집하지 마세요. 제가 암만 조그만 아이라도 아무 실수 없이 다닐 터이니 염려 말고 집에 계십시오."

심 봉사가 마지못하여 허락하는 말이

36

긔특ᄒ다 늬 ᄯᆯ이야 만고효녀는 심쳥이로다

아모려나 네 말ᄃᆡ로 ᄒᆞ여 보아라

응 사ᄅᆞᆷ이란 것은 부풍모습36)을 ᄒᆞ것다

너의 모친이 그만ᄒᆞ고야 넨들 범연ᄒᆞ겟느냐

오냐 네 효셩을 싱각ᄒᆞ니 만수쳔한이 다 풀닌다

원산에 ᄒᆡ 빗취고 젼쵼에 연긔 ᄂᆞ니 젼역ᄯᆡ가 되엿더라 헌 베
즁의에 단임 미고 ᄌᆞᆯ기만 남은 베치마에 압셥 업는 져고리에
쳥목 휘양 놀너 쓰고 보션 업서 발을 벗고 뒤축 헌 집셕이에
ᄭᅵ여진 헌 박아지 한아는 녑혜 ᄭᅵ고 한아는 숀에 들고 엄동셜
한 모진 날에 발발발달달달 ᄯᅥᆯ면서도 치운 싱각 안이 ᄒᆞ고 이
집 져 집 문압마다 밥을 비는 심쳥이가 이연ᄒᆞᆫ 목소리로 여봅
시오 이 ᄃᆡᆨ에셔 밥 한 슐만 쥬십시오

우리 모친은 셰상을 ᄯᅥ나시고 우리 부친은 눈 어두어 밥을 비
러 져를 길너니시는 쥴은 이 동리셔는 다 아시니 오날부터는
졔가 나셔 단닙니다

십시일반으로 한 슐식 보ᄐᆡ 쥬시면 압 못 보는 우리 아부지를
시댱을 면켓슴니다

"기특하다, 내 딸이야. 만고효녀는 심청이로다. 아무려나 네 말대로 하여 보아라. 응, 사람이라는 것은 부모를 닮는 것이것다. 너의 모친이 그만한데 넌들 범연하겠느냐? 오냐, 네 효성을 생각하니 만수(萬愁) 천한(千恨)이 다 풀린다."

원산에 해 비치고 전촌에 연기 나니 저녁때가 되었더라. 헌 베 중의(中衣)에 대님 매고 줄기만 남은 베치마에 앞섶 없는 저고리에 청목 휘양 눌러 쓰고 버선 없어 발을 벗고 뒤축 헌 짚신에 깨어진 헌 바가지 하나는 옆에 끼고 하나는 손에 들고 엄동설한 모진 날에 발발발달달달 떨면서도 추운 생각 아니하고 이 집 저 집 문 앞마다 밥을 비는 심청이 애연한 목소리로

"여보시오, 이 댁에서 밥 한 술만 주십시오. 우리 모친은 세상을 떠나시고 우리 부친은 눈 어두워 밥을 빌어 저를 길러 내시는 줄은 이 동리에서는 다 아시니 오늘부터는 제가 나서 다닙니다. 십시일반(十匙一飯)으로 한 술씩 보태 주시면 앞 못 보는 우리 아버지 시장을 면하겠습니다."

37

이 모양을 보고 듯는 사룸이야 뉘 안이 감동ㅎ리요 한 그릇
밥을 앗기지 안이 ㅎ고 덥셕덥셕 담아쥬며

이익 너는 여긔셔 먹고 가거라

ㅎ는지라 심청이 디답ㅎ기를

치운 방에 늙은 아부지끠셔 응당 기다리고 계실 터인데 엇지
먹고 가겟습닛가 어셔 밧비 도라가셔 아부지와 갓치 먹겟습니다

이갓치 어든 밥이 두세 집에 죡ㅎ지라 속속히 도라와셔 싸리문
들어셔며

아부지 칩지 안소

여복키 시장ㅎ시고

얼마ㄴ 기다렷소 ㅈ연이 지톄가 되엿소

이쩌 심 봉사가 심청의 소리 듯고 문 펄적 마조 열며 두 숀을
덤셕 쥐고 숀 시리지 불 쬐여라 발도 차지 어셔 여긔 안져라
ㅎ며 더듬더듬 어루만지고 혀를 툭툭 차며 눈물지고 ㅎ는 말이
인달구나 너의 모친 무상ㅎ다 나의 팔ㅈ 요다지야 되단 말가
너 식켜 밥을 비러 먹고 사는 이놈이야

이 모양을 보고 듣는 사람이야 뉘 아니 감동하리오. 한 그릇 밥을 아끼지 아니하고 덥석덥석 담아 주며

"얘, 너는 여기서 먹고 가거라."

하는지라. 심청이 대답하기를

"추운 방에 늙은 아버지께서 응당 기다리고 계실 터인데 어찌 먹고 가겠습니까? 어서 바삐 돌아가서 아버지와 같이 먹겠습니다."

이같이 얻은 밥이 두세 집에 족한지라. 속속히 돌아와서 싸리문 들어서며

"아버지, 춥지 않소? 여북이나 시장하시고 얼마나 기다렸소? 자연히 지체가 되었소."

이때 심 봉사가 심청의 소리 듣고 문 펄쩍 마주 열며 두 손을 덥석 쥐고

"손 시리지? 불 쬐어라. 발도 차지? 어서 여기 앉아라."

하며 더듬더듬 어루만지고 혀를 툭툭 차며 눈물지고 하는 말이

"애달프구나, 너의 모친. 무상하다, 나의 팔자. 이다지 된단 말인가? 너 시켜 밥을 빌어먹고 사는 이놈이야

38

이러훈 모진 목슘 구챠이 사라나셔 즈식 고싱을 요러케 식이느
니 츠라리 다 죽엇스면 네 고싱이나 업슬거슬

이 모양으로 탄식호니 심쳥의 장훈 효셩으로 그 부친을 위로훈다

아부지 그런 말슴 말으시오 즈식 되여 부모 봉양 부모 되여
효셩 밧기 인륜에 상사인데

넘우 걱정 마르시고 진지나 잡수시오

이와 갓치 봉양호야 츈하츄동 사시 음식 일일시시 어더 드려
동리 걸인 되엿더니 한 회 두 회 삼사 년에 심쳥의 텬싱지질
사사에 민쳡호야 그 즁에 침션방젹 등이 업시 졀묘호다

동리 집일을 호야 공밥 먹지 안이호고 삭으로 돈을 밧아 부친
의 의복 찬수를 시종이 여일호데 일 업는 날은 밥을 비러 근근
년명 굴지 안코 지니더니 셰월이 여류호야 십오 셰가 잠간이라

아름다온 화용월터 외모도 더욱 화려호고

탁월훈 양지셩효[37] 심법이 더욱 가상호다

이러훈 소문이 원근에 랑즈호니 뉘 안이 칭찬호며 뉘 안이 감
동훌ㅅ가

이러한 모진 목숨 구차히 살아나서 자식 고생을 이렇게 시키느니 차라리 다 죽었으면 네 고생이나 없을 것을…."

이 모양으로 탄식하니 심청의 장한 효성으로 그 부친을 위로한다.

"아버지, 그런 말씀 마십시오. 자식 되어 부모 봉양, 부모 되어 효성 받기 인륜에 상사인데 너무 걱정 마시고 진지나 잡수시오."

이와 같이 봉양하여 춘하추동 사시 음식 일일시시 얻어 들여 동리 걸인 되었더니 한 해 두 해 삼사 년에 심청의 천생자질 일마다 민첩하여 그중에 침선방적 차등 없이 절묘하다.

동리 집일을 하여 공밥 먹지 아니하고 삯으로 돈을 받아 부친의 의복 반찬을 시종이 여일한데 일 없는 날은 밥을 빌어 근근연명 굶지 않고 지내더니 세월이 여류하여 십오 세가 잠깐이라.

아름다운 화용월태(花容月態) 외모도 더욱 화려하고 탁월한 양지성효(養志誠孝) 심법이 더욱 가상하다. 이러한 소문이 원근에 낭자하니 뉘 아니 칭찬하며 뉘 아니 감동할까?

39

덕식이 구비훈 절디효녀 심쳥이라 사름마다 흠모ᄒ야 심쳥 보고 권고혼다

이이 귀ᄒ다 심쳥아 네 모양이 졀식이오 네 지조가 비상ᄒ고 네 효셩이 극진ᄒ니 이이 참말 부럽고나

너 갓흔 며나리 한번 삼앗스면 그런 복은 업겟고나

네 만일 니 집 오면 의식도 넉넉ᄒ고 아모 근심홀 것 업시 네 부친 잘 쳐 쥬마

이갓치 ᄒ는 말은 원근 간에 미셩혼 아들이ᄂ 손ᄌ 두고 신부를 틱ᄒ는 쟈의 간구ᄒ는 말이오

이이 심쳥아 네 웨 그리 고싱ᄒ늬

네 ᄂ이 가련ᄒ고 네 용모 그러ᄒ고 네 지조 그러ᄒ니 뉘 집 부쟈의 며나리가 되여가든지 작은 집이 되엿스면 네 몸도 호강ᄒ고

부친봉양 잘 홀 터이니 니 즁미ᄒ여 쥬마

네 소견 엇더ᄒ냐

이러트시 ᄒ는 말은 원근 간에 남의 즁미ᄒ기 조아ᄒ는 미파의 말들이라

심쳥이 그 말 듯고 미양 디답ᄒ는 말이

에구 나는 실소 말슴은 고마오나 셰상 일이 말과 갓기 어려워요

덕색을 구비한 절대효녀 심청이라. 사람마다 흠모하여 심청 보고 권고한다.

"얘, 귀하다, 심청아. 네 모양이 절색이오. 네 재주가 비상하고 네 효성이 극진하니 참말 부럽구나. 너 같은 며느리 한 번 삼았으면 그런 복은 없겠구나. 너 만일 내 집 오면 의식도 넉넉하고 아무 근심할 것 없이 네 부친 잘 쳐 주마."

이같이 하는 말은 원근 간에 미성한 아들이나 손자 두고 신부를 택하는 자의 간구하는 말이오.

"얘, 심청아, 너 왜 그리 고생하니? 네 나이 가련하고 네 용모 그러하고 네 재주 그러하니 뉘 집 부자의 며느리가 되어 가든지 작은 집이 되었으면 네 몸도 호강하고 부친봉양 잘 할 터이니 내가 중매하여 주마. 네 소견 어떠하냐?"

이렇듯이 하는 말은 원근 간에 남의 중매하기 좋아하는 매파의 말들이라.

심청이 그 말 듣고 매양 대답하는 말이

"에구, 나는 싫소. 말씀은 고마우나 세상일이 말과 같기 어려워요.

40

니 몸은 무엇이 되든지 벗든지 굼든지 먹든지 입든지 편ᄒ거ᄂ 괴롭거나 우리 부친 한 분만 잘 봉양ᄒ엿스면

니 소원 그만이나 인심이 불일ᄒ니 시종여일 쉽지 안어요

ᄌ식 되여 부모공경 괴롭다 싱각ᄒ면 짐싱만도 못ᄒ게오

계 부모 섬기는 데 고싱이 상관잇소

올치 못ᄒ 물건이ᄂ 쉽게 어든 지물노써 부모공경ᄒ고 보면 인도에 불가ᄒ오 만일 한 번 출가ᄒ면 빅년일신 변치 못홀 터이니 만약 부친 마음 불편ᄒ면 진퇴유곡 홀 일 업시 불효도 못홀 바요 훼절도 못홀 터이니 그 안이 량난ᄒ오

나는 실소 나는 실소 싀집가기 나는 실소 니 몸이 죽기 전에는 별별 고싱 다 ᄒ여도 품을 팔고 밥을 비러 우리 부친 봉양타가 부친 만일 별셰ᄒ면 삼년거묘 다 산 후에 니 몸은 죽든 사든 상관업소

만일 나의 부친끠셔 눈만 밝아 보시는 터 ᄀᆺ고 보면 그도 괴이치 안이ᄒ나 압 못 보는 부친끠셔 자유싱활 못ᄒ시니 그 안이 가련ᄒ오

부친의 눈을 밝게 홀 도리가 잇다 ᄒ면 몸을 팔고 쎄를 가라도 그것은 홀지연뎡 다만 의식을 위ᄒ여는 싀집은 갈 수 업소

내 몸은 무엇이 되든지, 벗든지 굶든지 먹든지 입든지 편하거나 괴롭거나 우리 부친 한 분만 잘 봉양하였으면 내 소원 그만이나 인심이 불일(不一)하니 시종여일 쉽지 않아요. 자식되어 부모공경 괴롭다 생각하면 짐승만도 못한 거요. 제 부모 섬기는 데 고생이 상관있소.

옳지 못한 물건이나 쉽게 얻은 재물로써 부모공경하고 보면, 인도(人道)에 불가하오. 만일 한 번 출가하면 백년일신 변치 못할 터이니 만약 부친 마음 불편하면 진퇴유곡 하릴없이 불효도 못할 바요. 훼절도 못할 터이니 그 아니 난처하오.

나는 싫소. 나는 싫소. 시집가기 나는 싫소. 내 몸이 죽기 전에는 별별 고생 다 하여도 품을 팔고 밥을 빌어 우리 부친 봉양타가 부친 만일 별세하면 삼년거묘 다 산 후에 내 몸은 죽든 살든 상관없소.

만일 나의 부친께서 눈만 밝아 보시게 되는 것 같으면 그도 괴이치 아니하나 앞 못 보는 부친께서 자유생활 못하시니 그 아니 가련하오?

부친의 눈을 밝게 할 도리가 있다 하면 몸을 팔고 뼈를 갈아도 그것은 할지언정 다만 의식을 위하여 시집을 갈 수는 없소.

41

품 팔고 밥 비는 것 니 직분 당연ᄒ니 그런 말슴 다시 마오
이와 갓치 거절ᄒ니 말ᄒ든 사롭은 다시 홀 말 업셧더라 하로
는 심쳥이 져녁밥을 빌너가셔 일셰가 져무도록 종무소식 감감
ᄒ다

심 봉ᄉ 홀노 안ᄌ 기다릴 졔 비는 곱파 등에 붓고 방은 치워
쩔녀온다

원산에 쇠북소리 은은이 늘니거늘 날 졈으는 쥴 짐작ᄒ고 혼ᄌ
말노 탄식이라

허— 우리 심쳥이는 밥을 빌너 간다더니 뉘 집 일을 쏘 ᄒ는가

무슴 일에 골몰ᄒ야 날 졈은 쥴 모르는고

풍셜이 막혀 그러ᄒ가 무슴 일노 못 오는가

윗단 길과 산골작이에 강포ᄒ고 음란ᄒ 놈을 맛나

어니 집에 잡혀가셔 욕을 몹시 당ᄒ는가

먼 길에 리왕ᄒ는 인젹이 날 쩌마다 귀 밝은 삽살기가 콩콩콩
짓는 쇼리 심쳥이가 오는가 ᄒ고 문을 펄젹 여러보며

심쳥이 너 오느냐

급ᄒ 쇼리로 무러보나 젹막 공뎡에 인젹이 젼무ᄒ니 허희탄
식[38] 니러셔며 즁얼즁얼 ᄒ는 말이

품 팔고 밥 비는 것 내 직분 당연하니 그런 말씀 다시 마오."

이와 같이 거절하니 말하던 사람은 다시 할 말 없었더라.

하루는 심청이 저녁밥을 빌러 가서 날이 저물도록 종무소식 감감하다. 심 봉사 홀로 앉아 기다릴 제, 배는 고파 등에 붙고 방은 추워 떨려온다. 원산에 쇠북소리 은은히 들리거늘 날 저문 줄 짐작하고 혼잣말로 탄식이라.

"허ー, 우리 심청은 밥을 빌러 간다더니 뉘 집 일을 또 하는가? 무슨 일에 골몰하여 날 저문 줄 모르는가? 풍설(風雪)에 막혀 그러한가? 무슨 일로 못 오는가? 외딴길과 산골짜기에 강포하고 음란한 놈을 만나 어느 집에 잡혀가서 욕을 몹시 당하는가?"

먼 길에 왕래하는 인기척이 날 때마다 귀 밝은 삽살개가 콩콩콩 짖는 소리 심청이 오는가 하고 문을 펄쩍 열어 보며

"심청이 너 오느냐?"

급한 소리로 물어보나 적막한 텅 빈 뜰에 인적이 전무(全無)하니 한숨지으며 탄식하고 일어서며 중얼중얼하는 말이

알ㅅ들이도 속엿구나 고놈의 삽살기는 무어슬 보고 지지는고 밧마당에나 나가볼ㅅ가

집팡막디를 휘젹휘젹ㅎ며 쑬이문 밧 쎡 나셔셔 압 둔데로 나가다가 십물 흘너니려 굴엉텅이 깁푼 곳에 밀친 드시 쩌러지니 한길이나 넘은 물에 감탕판39)이 밋그러워 나올 수도 젼혀 업다 면샹에는 진흙이요 의복에는 어름이라

듸딀ㅅ록 더 쌘지고 나오련즉 밋그러져 홀 일 업시 죽게 되여 아모리 쇼러치나 일모도궁40) 젹막혼더 사롬 리왕 쓴첫시니 어니 뉘가 건져 쥬리요

진쇼 위 활인지불은 곡곡유지라 활인홀 부쳐는 골마다 잇다더니 맛춤 그 쩌에 몽은ㅅ 화쥬승이 져의 졀을 즁슈츠로 권션문을 둘너메고 시쥬ㅎ려 니려왓다가 쳥산은 암암하고 셜월이 교교혼데 셕경에 빗긴 길노 졀을 츠즈 도라가다가 풍편에 슬푼 쇼러로 사롬 구ㅎ라 부르는지라

즈비심이 츙만혼 푸쳐님의 슈뎨즈라 두 귀를 기우리고 즈셰이 엿들으며 두 발을 짝 부치고 한참이나 듯고 셧다가 급피 쒸여 다라와셔 기쳔 압흘 당도ㅎ니 엇던 사롬이 물에 쌔져 죽고 못 살 디경이라

"알뜰히도 속였구나. 그놈의 삽살개는 무엇을 보고 우짖는고? 바깥마당에나 나가 볼까?"

지팡막대를 휘적휘적하며 사립문 밖 썩 나서서 앞 둔덕으로 나가다가 샘물 흘러내려 구렁텅이 깊은 곳에 밀친 듯이 떨어지니 한길이나 넘은 물에 진흙탕이 미끄러워 나올 수도 전혀 없다.

면상에는 진흙이요, 의복에는 얼음이라. 디딜수록 더 빠지고 나오려 한즉 미끄러져 하릴없이 죽게 되어 아무리 소리치나 일모도궁(日暮途窮) 적막한데 사람 왕래 끊어졌으니 어느 누가 건져 주리오?

진소 말하기를 '활인지불(活人之佛)은 곡곡유지(谷谷有之)'라. 활인할 부처는 골마다 있다더니 마침 그때에 몽은사 화주승이 저의 절을 중수하려 권선문을 둘러메고 시주하러 내려왔다가 청산은 암암하고 설월(雪月)이 교교한데 석경에 빗긴 길로 절을 찾아 돌아가다가 풍편에 슬픈 소리로 사람 구하라 부르는지라.

자비심이 충만한 부처님의 수제자라 두 귀를 기울이고 자세히 엿들으며 두 발을 딱 붙이고 한참이나 듣고 섰다가 급히 뛰어 달려와서 개천 앞을 당도하니 어떤 사람이 물에 빠져 죽고 못 살 지경이라.

43

ᄌ션호 화쥬승이 측은지심 대발ᄒ야 빅통장식 구졀죽쟝 되는
디로 너던지고 굴갓 쟝삼 훨훨 버셔 쳔변에 더져두고 힝젼 다
님 얼는 풀고 두 보션 짝 얼는 벗고 두 다리를 훨젹 것고 물까
으로 드러셔셔 심 봉사를 건뎌너니 젼에 보든 사롬이라 심 봉
사가 사라나셔 한숨 쉬며 급ᄒ 말노

거 뉘오

(화쥬승) 나는 몽은사 화쥬승이오

(심) 그러치 그러 과연 활인불이로군

죽을 사롬 살녀너니 은혜 빅골난망이오

화쥬승이 심 봉사를 익그러다가 집안으로 들어가셔 져즌 의복
벗긴 후에 니불노 싸셔 누이고 물에 ᄲ진 곡졀을 무러보니 심
봉사가 ᄌ탄을 무혼이 ᄒ며 젼후사를 다 말ᄒ고 압 못 보는
혼을 ᄒ니

화쥬승이 말을 듯고 ᄌ비혼 슬푼 말노 간졀이 권고혼다

여보 심 봉ᄉ 너 말 들으시오 우리 부쳐님이 령검ᄒ시니 공양
미 삼빅 셕만 션심으로 불공ᄒ면 졍녕코 눈을 써셔 완인이 되
오리다

심 봉ᄉ 그 말 듯고 형세는 싱각 안코 눈 쓴단 말 ᄒ도 됴아셔
중을 향ᄒ야 ᄒ는 말

자비로운 화주승이 측은지심 대발하여 백통장식 구절죽장 되는대로 내던지고 굴갓 장삼 훨훨 벗어 천변에 던져두고 행전 대님 얼른 풀고 두 버선 싹 얼른 벗고 두 다리를 훨쩍 걷고 물가로 들어서서 심 봉사를 건져 내니 전에 보던 사람이라. 심 봉사가 살아나서 한숨 쉬며 급한 말로

　"그 뉘오?"

　(화주승) "나는 몽은사 화주승이오."

　(심) "그렇지, 그래. 과연 활인불(活人佛)이로군."

　화주승이 심 봉사를 이끌어다가 집 안으로 들어가서 젖은 의복 벗긴 후에 이불로 싸서 누이고 물에 빠진 곡절을 물어보니 심 봉사가 자탄을 무한히 하며 전후사를 다 말하고 앞 못 보는 한을 하니, 화주승이 말을 듣고 자비한 슬픈 말로 간절히 권고한다.

　"여보, 심 봉사. 내 말 들으시오. 우리 부처님이 영검하시니 공양미 삼백 석만 선심으로 불공하면 정녕코 눈을 떠서 완연히 되오리다."

　심 봉사 그 말 듣고 형세는 생각 않고 눈 뜬단 말 하도 좋아서 중을 향하여 하는 말이

44

이 여보 대사 삼빅 셕 젹으시오 두 눈만 밝고 보면 삼빅 셕에

비ᄒᆞ겟쇼

화쥬승이 허허 웃고

여보시오 말이 그러치 삼빅 셕이 어셔 나오 가셰를 둘너보니

삼빅 셕은 고샤ᄒᆞ고 셔되 쓸 어렵겟소 셩심은 갸륵ᄒᆞ오마는

빈 쇼리 그만 두오

심 봉ᄉᆞ가 그 말 듯고 화를 버럭 니며

아짜 남의 졍셩을 ᄭᅵ치려고 그러케 경홀이 말을 ᄒᆞ오

어셔 넘겨 말고 젹기나 ᄒᆞ오

부쳐님ᄭᅴ 젹어 놋코 빈 말 ᄒᆞᆯ 내가 안이오

만일 사룸도 안이오 부쳐님을 속엿다가 눈을 밝기는 졋쳐 놋코

안즌방이 될 거시오

어느 안젼이라고 빈 말 ᄒᆞᆯ 사룸이 잇단 말이오

화쥬승이 ᄒᆞᆯ 일 업셔 바랑을 여러 놋코 권션문을 집어니여 데

일층 붉은 죠희에

심학규 삼빅 셕 시쥬

라 ᄒᆞ고 젹엇더라

"여보, 대사. 삼백 석 적으시오. 두 눈만 밝고 보면 삼백 석에 비하겠소?"

화주승이 허허 웃고

"여보시오. 말이 그렇지 삼백 석이 어디서 나오? 가세를 둘러보니 삼백 석은 고사하고 서되 쌀도 어렵겠소. 성심은 갸륵하지마는 빈소리 그만두오."

심 봉사가 그 말 듣고 화를 버럭 내며

"아따, 남의 정성을 깨뜨리려고 그렇게 경홀히 말을 하오. 어서, 염려 말고 적기나 하오. 부처님께 적어 놓고 빈말할 내가 아니오. 만일, 사람도 아니고 부처님을 속였다가 눈을 밝기는 제쳐 놓고 앉은뱅이 될 것이오. 어느 안전이라고 빈말할 사람이 있단 말이오."

화주승이 하릴없어 바랑을 열어 놓고 권선문을 집어내어 제일 층 붉은 종이에

'심학규 삼백 석 시주라.'

하고 적었더라.

45

심 봉스가 화쥬승을 작별ᄒ고 다시 싱각하여 보니

눈 뜰 욕심에 쟝담ᄒ고 젹엇스나 시쥬 쏠 삼빅 셕을 판츌홀
길 젼혀 업다

쑹쑹 탄식ᄒᄂᆫ 말이

이런 긔막힐 노릇이 쏘 잇ᄂᆫ가 욕심이 병이야 눈 뜰 욕심 한아으
로 부쳐님을 쇽엿스니 혹을 쪠려다가 혹을 붓친심이 되엿구나

복을 빌녀다가 벌을 밧게 되엿구나

이를 엇지 ᄒ쟌 말인고

잇고 잇고 내 팔즈야 알쓸이도 쏘부라뎟다

텬도가 지공ᄒ야 후박이 업다더니

내 인싱은 무슴 죄로 눈먼 병신이 되여나셔

일월갓치 밝은 것도 볼 길이 젼혀 업고

우리 망쳐만 사랏던들 져의 모녀 합력ᄒ면 조셕 걱졍 업슬 거
슬 다 커가는 쏠즈식을 원근동에 너여노아 품을 팔고 밥을 비
러 근근호구 ᄒᄂᆫ 즁에 공양미 삼빅 셕을 호긔 잇게 젹어 놋코

빅가지로 싱각ᄒ나 날 곳이 업고나

이짜진 일간두옥 팔즈흔들 풍우를 못 막을 것 사다니 뉘가 사
며 산다흔들 멧

심 봉사가 화주승과 작별하고 다시 생각하여 보니, 눈 뜰 욕심에 장담하고 적었으나 시주 쌀 삼백 석을 판출할 길 전혀 없다.

꿍꿍 탄식하는 말이

"이런 기막힐 노릇이 또 있는가? 욕심이 병이야. 눈 뜰 욕심 하나로 부처님을 속였으니 혹을 떼려다가 혹을 붙인 게 되었구나. 복을 빌려다가 벌을 받게 되었구나. 이를 어찌 하잔 말인고? 애고, 애고. 내 팔자야. 알뜰히도 꼬부라졌다.

천도(天道)가 지공(至公)하여 후박(厚薄)이 없다더니 내 인생은 무슨 죄로 눈먼 병신이 되어나서 일월같이 밝은 것도 볼 길이 전혀 없고 우리 망처(亡妻)만 살았던들 저희 모녀 합력하면 조석 걱정 없을 것을. 다 커 가는 딸자식을 원근동(遠近洞)에 내어놓아 품을 팔고 밥을 빌어 근근호구(僅僅糊口) 하는 중에 공양미 삼백 석을 호기 있게 적어 놓고 백 가지로 생각하나 날 곳이 없구나.

이까짓 일간두옥(一間斗屋) 팔자 한들 풍우를 못 막을 것, 사다니 누가 사며 산다 한들 몇

46

푼 줄스가

내 몸을 팔즈흔들 푼전도 안이 싸니 내라도 안이 살터이니 뉘
라서 사다 무엇 홀고

이 노릇을 엇지 ㅎ잔 말고

엇던 스름 팔즈 조아 부부히로ㅎ고 즈숀만당ㅎ고 이목이 완연
ㅎ며 가셰가 부요ㅎ야 진곡이 진진ㅎ고 신곡이 풍등ㅎ야 그릴
것이 업건만은

잇고 잇고 내 팔즈야 고금이 뇨원ㅎ고 텬디가 광디흔 중에 놀
갓흔 놈의 팔즈가 쏘 잇슬스가

한춤 이 모양으로 탄식ㅎ며 슬피 울격에 심청이가 밧비 와셔
그 부친의 모양을 보고 깜짝 놀느 발 구르며 아바지를 불너닌다
아바지 아바지 이게 웬 일이오 웨 이다지 셜워ㅎ시오 나를 츠
즈 나오시다가 긔쳔에 가 빠졋구려 칩고 분ㅎ시기 오작홀스가
이러트시 이를 쓰며 치마즈락을 거더들어 부친의 두 눈물을
흠척흠척 싯쳐 쥬고 숀을 쓰러 디여 쥬며
아바지 아바지 우지 말고 정신 츠려 진지느 잡수시오 이것은
즈반이오 이것은

푼 줄까? 내 몸을 팔자 한들 푼돈도 아니 싸니 나라도 아니 살 터이니 뉘라서 사다 무엇 할꼬? 이 노릇을 어찌 하잔 말인고?

어떤 사람 팔자 좋아 부부해로하고 자손만당(子孫滿堂)하고 이목이 완연하며 가세가 부요하여 진곡(陳穀)이 진진(津津)하고 신곡(新穀)이 풍등(豐登)하여 그럴 것이 없건마는. 애고, 애고. 내 팔자야. 고금이 요원하고 천지가 광대한 중에 나 같은 놈의 팔자가 또 있을까?'

한참 이 모양으로 탄식하며 슬피 울적에 심청이 바삐 와서 그 부친의 모양을 보고 깜짝 놀라 발 구르며 아버지를 불러낸다.

"아버지, 아버지. 이게 웬일이오? 왜 이다지 설워하시오? 나를 찾아 나오시다가 개천에 가 빠졌구려. 춥고 분하시기 오죽 할까?'

이렇듯이 애를 쓰며 치맛자락을 걷어들어 부친의 두 눈물을 흠척흠척 씻어 주고 손을 끌어 대어 주며

"아버지, 아버지. 울지 말고 정신 차려 진지나 잡수시오. 이것은 자반이오. 이것은

47

김치오

이갓치 위로호되 심 봉스는 슈심 중에 비곱흔 쥴 니졋든지 밥 싱각이 안이 나셔 묵묵이 안즈잇셔 눈물만 쑥쑥 써러친다

심쳥이 긔가 막혀 갓치 울며 흐는 말이

아바지 아바지 어디가 압파 그리시오 내가 더듸 와셔 분흐여셔 그리시오

춤고 춤아 진지 잡수시오

(심 봉스) 그런 것도 안이오 져런 것도 안이로다 너는 아라 쓸 더업다

(심쳥) 에그 아바지 웬 말슴이오 부녀간 텬륜지의 무슴 허물이 잇겟쇼 죽을 말 술 말에 못홀 것이 무엇이오

아바지는 놀만 밋고 나는 아바지만 밋는데 더쇼스를 물론호고 서로 의론흐든 터에 오늘 말슴 드러보니 텬륜지의 쓴어졋구려 아모리 불휴녀식인들 춤아 셜슴니다

(심 봉사) 안이로다 무슴 일을 속이랴고 부녀간에 은휘홀ㅅ가 네가 만일 알고 보면 지극흔 네 효셩에 네 마음만 샹홀 터이기 말 안코 잇셧구나

(심쳥) 마음이 샹흐야도 부모 위흐야 샹흐고 마음이 깃버도 부 모 위흐야 깃벗

김치요."

이같이 위로하되 심 봉사는 수심 중에 배고픈 줄 잊었든지 밥 생각이 아니 나서 묵묵히 앉아 있어 눈물만 뚝뚝 떨어진다.

심청이 기가 막혀 같이 울며 하는 말이

"아버지, 아버지. 어디가 아파 그러시오. 내가 더디 와서 분하여서 그러시오. 참고 참아 진지 잡수시오."

(심 봉사) "그런 것도 아니요, 저런 것도 아니로다. 너는 알아 쓸데없다."

(심청) "에그, 아버지. 웬 말씀이오. 부녀간 천륜지의 무슨 허물이 있겠소? 죽을 말 살 말에 못할 것이 무엇이오? 아버지는 나만 믿고 나는 아버지만 믿는데 대소사를 물론하고 서로 의논하던 터에 오늘 말씀 들어 보니 천륜지의 끊어졌구려. 아무리 불효여식인들 차마 서럽습니다."

(심 봉사) "아니로다. 무슨 일을 속이려고 부녀간에 은휘할까? 네가 만일 알고 보면 지극한 네 효성에 네 마음만 상할 터이기에 말 않고 있었구나."

(심청) "마음이 상하여도 부모 위하여 상하고 마음이 기뻐도 부모 위하여 기뻤으면

48

스면 관계홀 것 잇슴닛가 어서어서 말숨ᄒᆞ오 어서 듯고 시픔니다
(심 봉ᄉᆞ) 오냐 네 심정이 그러ᄒᆞ니 말을 안이홀 수 전혀 업구나
앗가 너를 기다리고 문 밧그로 ᄂᆞ갓다가 물에 ᄲᅡ져 죽게된 거
슬 몽은ᄉᆞ 화쥬승이 나를 건뎌 살녀니고 진정으로 ᄒᆞᄂᆞᆫ 말이
공양미 삼빅 셕만 션심으로 시쥬ᄒᆞ면 싱젼에 눈을 떠서 일월을
다시 보리라 ᄒᆞ기 젼후ᄉᆞ를 불고ᄒᆞ고 화ㅅ김에 젹엇더니 즁
보너고 싱각ᄒᆞ니 삼빅 셕이 어셔나랴 도로혀 후회로다 젹어놋
코 쇽이고 보면 그런 화가 잇단 말가
심쳥이 그 말 듯고 반갑고도 깃거ᄒᆞ며 부친을 위로ᄒᆞᆫ다
걱정 마르시고 진지나 잡슈시오 도로혀 후회ᄒᆞ면 션심이 못될
터이니 두 눈만 쓴다 ᄒᆞ면 삼빅셕이 경ᄒᆞ지오 아못됴록 힘을
써셔 몽은ᄉᆞ로 올니리다
심쳥이 역시 그 부친을 위로홀 촛 말은 크게 ᄒᆞ얏스나 불쇼ᄒᆞᆫ
공양미를 엇지 용이히 판츌ᄒᆞ리요 다만 심려ᄒᆞ다 못ᄒᆞ야 그윽
히 싱각ᄒᆞ기를 지셩이면 감텬이라 업ᄂᆞᆫ 쑬은 못홀망뎡 졍셩으
로 비러 보아 신명이 감응ᄒᆞ면 아바지 눈이 밝으리라
그날 밤븟터 후원에 단을 뭇고 집안을 소쇄ᄒᆞ고 시 소반 한아
와 시 동의 한아에다

관계할 것 있습니까? 어서어서 말씀하오. 어서 듣고 싶습니다."

　(심 봉사) "오냐, 네 심정이 그러하니 말을 아니 할 수가 전혀 없구나. 아까 너를 기다리고 문밖으로 나갔다가 물에 빠져 죽게 된 것을 몽은사 화주승이 나를 건져 살려내고 진정으로 하는 말이 공양미 삼백 석만 선심으로 시주하면 생전에 눈을 떠서 일월을 다시 보리라 하기에 전후사를 돌아보지 않고 홧김에 적었는데 중 보내고 생각하니 삼백 석이 어디서 나랴? 도리어 후회로다. 적어 놓고 속이고 보면 그런 화가 있단 말인가?"

　심청이 그 말 듣고 반갑고도 기뻐하며 부친을 위로한다.

　"걱정 마시고 진지나 잡수시오. 도리어 후회하면 선심이 못 될 터이니 두 눈만 뜬다 하면 삼백 석이 가볍지요. 아무쪼록 힘을 써서 몽은사로 올리리다."

　심청이 역시 그 부친을 위로할 차 말은 크게 하였으나 불소(不少)한 공양미를 어찌 용이히 판출하리오! 다만 심려하다 못하여 그윽이 생각하기를

　'지성이면 감천이라 없는 쌀은 못할망정 정성으로 빌어 보아 신명이 감응하면 아버지 눈이 밝으리라.'

　그날 밤부터 후원에 단을 묻고 집 안을 소쇄하고 새 소반 하나와 새 동이 하나에다

정화슈를 쩌다 놋코 북두칠셩 야반후에 분향ᄒᆞ고 쑤러 안자 지셩으로 비ᄂᆞᆫ 말이

갑ᄌᆞ년 동지ㅅ달 초십일 황쥬 도화동 소녀 심쳥은 지셩 근고ᄒᆞ 옵ᄂᆞ니[41] 상텬 후토와 일월셩신은 굽어 살피쇼셔 사롬의 두 눈을 둔 거슨 하눌에 일월을 둔 것과 갓ᄉᆞ오니 일월이 업스면 무엇을 분별ᄒᆞ오며 두 눈이 업ᄉᆞ오면 무엇을 보오릿가

심쳥에 아비 무ᄌᆞ셩 삼십 젼에 안밍ᄒᆞ야 오십 장근토록 오식을 못 보오니 불상ᄒᆞᆫ 아비에 허물을 이 몸으로 더신ᄒᆞ고 눈을 밝 게 ᄒᆞ옵쇼셔

이와 갓치 졍셩으로 쥬야 츅원ᄒᆞ건만은 여러 달이 지니도록 그 부친 심 봉ᄉᆞᄂᆞᆫ 눈이 밝기ᄂᆞᆫ 고사ᄒᆞ고 두 눈에 눈물이 구지 지ᄒᆞ야 긔운만 도로혀 더 상ᄒᆞ니 심쳥이가 긔도ᄒᆞ기에 골몰ᄒᆞ 야 의복 음식 공양ᄒᆞ기에 전만침 못홈이라

하로는 심쳥이가 밥을 빌너 동리로 나ᄀᆞᆺ더니 엇더ᄒᆞᆫ 남도 쟝ᄉᆞ 션인들이 지나가며 ᄒᆞᄂᆞᆫ 말이 십오 셰 되거나 십륙 셰 되거나 량셰간된 쳐ᄌᆞ 잇거든 몸 팔니 리 누구잇쇼

이와 ᄀᆞᆺ치 뭇ᄂᆞᆫ지라 심쳥이 그 말 듯고 귀덕 어미 연비ᄒᆞ[42]야 사롬 ᄉᆞᄌᆞᄒᆞᄂᆞᆫ 리력

정화수를 떠다 놓고 북두칠성 야반후(夜半後)에 분향하고 꿇어 앉아 지성으로 비는 말이

"갑자년 동짓달 초십일 황주 도화동 소녀 심청은 지성 근고(謹告)하옵나니 상천 후토와 일월성신은 굽어 살피소서. 사람에게 두 눈을 둔 것은 하늘에 일월을 둔 것과 같사오니 일월이 없으면 무엇을 분별하오며 두 눈이 없으면 무엇을 보오리까? 심청의 아비 무자생 삼십 전에 안맹하여 오십 가깝도록 오색을 못 보오니 불쌍한 아비의 허물을 이 몸으로 대신하고 눈을 밝게 하옵소서."

이와 같이 정성으로 주야(晝夜) 축원하건마는 여러 달이 지나도록 그 부친 심 봉사는 눈이 밝기는 고사하고 두 눈에 눈물이 구지레하여 기운만 도리어 더 상하니 심청이 기도하기에 골몰하여 의복, 음식 공양하기에 전만큼 못함이라.

하루는 심청이 밥을 빌러 동리로 나갔더니 어떤 남도 장사 선인(船人)들이 지나가며 하는 말이

"십오 세 되거나 십육 세 되거나 그런 처자 있거든 몸 팔릴 이 누구 있소?"

이와 같이 묻는지라. 심청이 그 말 듣고 귀덕 어미 통해 사람 사려 하는 내력을

50

을 주셔이 무러보니 션인들에 ᄒᄂᆫ 말이

쟝산곳 바다으로 물건 싯고 지나갈 졔 졔슈로 쓰려ᄒ오

이갓치 ᄃᆡ답ᄒ니 심쳥이 ᄃᆡ답ᄒᄂᆫ 말이

나ᄂᆫ 본리 빈한ᄒᆫ 사ᄅᆷ으로 우리 부친 안밍ᄒ야 공양미 삼ᄇᆡᆨ

셕을 지셩 불공ᄒ게 되면 일월을 다시 보리라 ᄒᄂᆫᄃᆡ 가셰가

구ᄎᆞᄒ야 판츌ᄒᆯ 길 업ᄂᆫ 고로 닉 몸을 팔랴ᄒ니 내 몸을 사가

면 엇더ᄒ오

션인들이 그 말 듯고 효셩이 지극ᄒᆫ 즁 져의 일이 긴ᄒᆫ지라

그리ᄒ쟈 약됴ᄒ고 공양미 삼ᄇᆡᆨ 셕을 몽은ᄉ로 슈운ᄒ고 ᄅᆞ월

초삼일노 ᄒᆡᆼ션 ᄐᆡᆨ일ᄒ얏스니 명심ᄒ라 당부ᄒ다 심쳥이 집에

와셔 부친보고 ᄒᄂᆫ 말이

공양미 삼ᄇᆡᆨ 셕을 임의 구쳐ᄒ엿스니 근심치 마십시오

심 봉ᄉ 쌈작 놀나 그 ᄉ유를 무러본다

삼십 셕도 어려온데 삼ᄇᆡᆨ 셕 만은 쏠을 네 엇지 변통ᄒ뇨 그

말 춤 이상ᄒ니 내 잠간 들어보쟈

(심쳥) 다른 안이오라 져 건너편 무릉촌 쟝 진ᄉ ᄃᆡᆨ 노부인이

월젼에 나를 불너 슈양녀로 ᄉ즈ᄒ되 참아 허락 못 ᄒ얏더니

지금에 싱각ᄒ니 공양미가 말유ᄒ

자세히 물어보니 선인들이 하는 말이

"장산곶 바다로 물건 싣고 지나갈 때 제수로 쓰려 하오."

이같이 대답하니 심청이 대답하는 말이

"나는 본래 빈한한 사람으로 우리 부친 안맹하여 공양미 삼백 석을 지성 불공하게 되면 일월을 다시 보리라 하는데, 가세가 구차하여 판출할 길 없는 고로 내 몸을 팔려 하니 내 몸을 사 가면 어떠하오?"

선인들이 그 말 듣고 효성이 지극한 중 저의 일이 긴한지라. 그리하자 약조하고 공양미 삼백 석을 몽은사로 수운하고 다음 달 초삼일로 행선 택일하였으니 명심하라 당부한다. 심청이 집에 와서 부친 보고 하는 말이

"공양미 삼백 석을 이미 구처(區處)하였으니 근심치 마십시오."

심 봉사 깜짝 놀라 그 사유를 물어본다.

"삼십 석도 어려운데 삼백 석 많은 쌀을 네 어찌 변통했느냐? 그 말 참 이상하니 내 잠깐 들어보자."

(심청) "다름 아니오라 저 건너편 무릉촌 장 진사 댁 노부인이 월전(月前)에 나를 불러 수양녀로 삼자하되 차마 허락 못하였더니 지금에 생각하니 공양미가 만류하여

51

야 그 사연을 엿쥬엇더니 삼빅 셕을 니여쥬며 시쥬ᄒ라 ᄒ시기
로 졍미 삼빅 셕을 밧쳐 불젼에 올녓슴니다

심 봉스가 디희ᄒ야 ᄒ는 말이

거륵ᄒ다 사부딕 부인네가 아마도 다르니라 그러케 착ᄒ기로
그 자뎨 삼 형뎨가 환노 등양 ᄒ느니라

언졔나 가랴느냐

(심청) 리월 초삼일노 가랴홈니다

(심 봉스) 그 일 잘 되엿다 네가 그 딕에 가 잇스면 네 몸도
편ᄒ고 내 눈도 밝고 보면 무슴 걱졍 잇겟느냐

심 봉스는 그 쫄도 편이 되고 자긔의 눈이 발셔 밝아진드시
잔득 밋고 깃버ᄒ나 심청이는 그 부친에 눈 한아 밝게 ᄒ면
즈식 ᄒ아 잇는 것보담 더욱 싀연ᄒ고 쾌죡홀 마음으로 졔 싱
명 죽는 거슬 고긔[43]치 안이ᄒ고 그 지경을 ᄒ얏스니 다시금
싱각ᄒ니

눈 어두온 빅발 노친 영결ᄒ고 죽을 일과 셰상 난 지 십오 셰에
쏫갓흔 고은 몸이 죽어벌일 내 졍지[44]가 어이 그리 악착혼가

그 사연을 여쭈었더니 삼백 석을 내어주며 시주하라 하시기로
정미 삼백 석을 벌써 불전에 올렸습니다."

심 봉사가 대희(大喜)하여 하는 말이

"거룩하다. 사부 댁 부인네가 아마도 다르니라. 그렇게 착하
기로 그 자제 삼 형제가 환로(宦路) 등양(騰揚) 하느니라. 언제
나 가려느냐?"

(심청) "다음 달 초삼일에 가려합니다."

(심 봉사) "그 일 잘되었다. 네가 그 댁에 가 있으면 네 몸도
편하고 내 눈도 밝고 보면 무슨 걱정 있겠느냐?"

심 봉사는 그 딸도 편히 되고 자기의 눈이 벌써 밝아진 듯이
잔뜩 믿고 기뻐하나 심청은 그 부친의 눈 하나 밝게 하면 자식
하나 있는 것보다 더욱 시원하고 쾌적할 마음으로 제 생명 죽
는 것을 꺼리지 아니하고 그 지경을 하였으니 다시금 생각하니

'눈 어두운 백발 노친 영결하고 죽을 일과 세상 난 지 십오
세에 꽃 같은 고운 몸이 죽어 버릴 내 처지가 어찌 그리 악착
한가?

52

이곳치 슈심ᄒ야 졍신이 아득ᄒ고 일에도 뜻이 업셔 음식을 전폐ᄒ고 신음으로 지니건만 임의 타인과 약조ᄒ고 몸갑ᄭ지 밧은 터요 요힝 부친의 눈이 붉그면 남은 흔이 업슬지라 마음을 강잉ᄒ야 죽을 날만 기다린즉 힝션날을 헤아리니 하로밤이 격흔지라

만고효녀 심쳥이가 가련흔 신셰 싱각 하염업ᄂ 슬푼 눈물 간쟝으로 소스난다 그 부친 심 봉ᄉ가 넘려ᄒ고 불상ᄒ야 얼골을 한디 디고 피츠에 셔로 우니 가긍흔 심쳥의 경경일심45) 효도로셔 일신을 희싱 숨아 죽기ᄂ ᄒ거니와 일편으로 싱각ᄒ면 이효상효 (以孝傷孝) 분명ᄒ다 싱각ᄉ록 비희 공극ᄒ야 도화 곳흔 얼골에 ᄉ별 곳흔 두 눈으로 심솟듯 ᄒᄂ 눈물을 이리 져리 쑤리면셔 머리를 그 부친의 무릅 ᄉ이에 푹 슉이고 싱각ᄉ록 서름이라 가련ᄒ고 의지 업ᄂ 나의 부친 엇지ᄒᄂ 나 흔번 죽고 보면 누를 밋고 사잔 말고 이둘을ᄉ 우리 부친 내가 쳘을 알게 된 후 동리걸인 면ᄒ시더니 나 흔번 죽어지면 동리걸인 ᄯ 될지라 뭇사롬에 멸시를 ᄯ 엇지 당ᄒ실ᄉ고

우리 모친 황텬으로 도라가고 나는 이졔 죽게 되면 슈궁으로 갈거시니 슈궁셔 황텬길이 몃 쳔리 상거인가 멀고 먼 황텬길을 뭇고 물어 차ᄌ간들 내가 난 지

이같이 수심하여 정신이 아득하고 일에도 뜻이 없어 음식을 전폐하고 신음으로 지내건만 이미 타인과 약조하고 몸값까지 받은 터요, 요행 부친의 눈이 밝으면 남은 한이 없을지라. 마음을 강잉하여 죽을 날만 기다린즉 행선 날을 헤아리니 하룻밤이 남은지라.

만고효녀 심청이 가련한 신세 생각, 하염없는 슬픈 눈물 간장으로 솟아난다. 그 부친 심 봉사가 염려하고 불쌍하여 얼굴을 한데 대고 피차에 서로 우니 가긍한 심청의 경경일심(耿耿一心) 효도로서 일신을 희생 삼아 죽기는 하거니와 한편으로 생각하면 이효상효(以孝傷孝) 분명하다. 생각할수록 비희(悲喜) 공극(孔劇)하여 도화 같은 얼굴에 샛별 같은 두 눈으로 샘솟듯 하는 눈물을 이리저리 뿌리면서 머리를 그 부친의 무릎 사이에 푹 숙이고 생각할수록 설움이라.

"가련하고 의지할 곳 없는 나의 부친 어찌하나? 나 한번 죽고 보면 누구를 믿고 살잔 말인고? 애달프구나, 우리 부친. 내가 철이 난 후 동리걸인 면하시더니 나 한번 죽고 나면 동리걸인 또 될지라. 뭇사람의 멸시를 또 어찌 당하실꼬?

우리 모친 황천으로 돌아가고 나는 이제 죽게 되면 수궁으로 갈 것이니 수궁에서 황천길이 몇 천 리 거리인가? 멀고 먼 황천길을 묻고 물어 찾아간들 내가 난 지

열을 젼에 도라가신 우리 모친 나를 본들 엇지 알며 내 역시 엇지 알스가 만일 셔로 말노 ᄒᆞ야 누군 쥴을 알게 되야 부친 소식 뭇게 되면 무슴 말노 딕답홀ㅅ고

오날 밤 오경시를 함지에 머무르고

릭일 아침 돗는 희를 부상지에 미량이면

어엿불스 우리 부친 한시라도 더 뫼시고 뵈련만은

날이 가고 돌이 옴을 누라셔 막아닐ㅅ가

텬디가 스졍이 업는 고로 이윽고 닭이 우니 심쳥의 초조훈 마음 일층 더옥 비감ᄒᆞ다 혼ᄌᆞ 싱각 탄식이라

닭아 닭아 우지 마라 반야 짓는 밍상군에 닭이로다 네가 울면 날이 시고 날이 시면 내가 죽는다

죽기는 셜지 안타마는 불상ᄒᆞ온 우리 부친 엇지 닛고 가잔 말가 이갓치 셜어홀 졔 날이 졈졈 밝아온다 남도 션인들이 문밧게 당도ᄒᆞ야 오날이 힝션 날이니 어셔 가쟈

지쵹혼다 심 소져가 그 말 듯고 얼골에 빗치 업고 수지에 믹이 풀녀 졍신을 진졍ᄒᆞ야 션인 보고 ᄒᆞ는 말이

열흘 전에 돌아가신 우리 모친 나를 본들 어찌 알며 내 역시 어찌 알까? 만일 서로 말을 하여 누군 줄 알게 되어 부친 소식 묻게 되면 무슨 말로 대답할꼬?

오늘 밤 오경 시를 함지에 머물게 하고, 내일 아침 돋는 해를 부상지에 맬 양이면 불쌍한 우리 부친 한시라도 더 모시고 뵈련마는 날이 가고 달이 옴을 뉘라서 막아 낼까?'

천지가 사정이 없는 고로 이윽고 닭이 우니 심청의 초조한 마음 한층 더욱 비감하다. 혼자 생각 탄식이라.

"닭아, 닭아. 울지 마라. 반야에 젖는 맹상군의 닭이로다. 네가 울면 날이 새고 날이 새면 내가 죽는다. 죽기는 섧지 않다마는 불쌍하신 우리 부친 어찌 잊고 가잔 말인가?"

이같이 서러워할 제 날이 점점 밝아온다. 남도 선인들이 문 밖에 당도하여

"오늘이 행선 날이니 어서 가자."

재촉한다. 심 소저가 그 말 듣고 얼굴에 빛이 없고 사지에 맥이 풀려 정신을 진정하여 선인 보고 하는 말이

54

여보 션인들 오날이 힝션 날인 쥴은 나도 알고 잇거니와 몸은
팔녀가는 쥴은 부친님이 모로시니 잠간만 지톄ᄒ면 부친끠 진
지ᄂ 한번 망죵으로 지여들이고 팔닌 말ᄉᆷ 엿쥰 후에 써ᄂ게
ᄒ옵시다

션인들이 허락ᄒ니 심쳥이 드러와셔 눈물노 지은 밥을 부친
압헤 드려놋코 아못조록 망죵으로 그 부친이 밥 만이 먹는 거슬
볼 양으로 반찬 쩨여 입에 너어쥬며 쌈도 싸셔 슈져에 노으며
아바지 만이 잡슈시오

(심 봉ᄉ) 에구 잘 먹는다 오날 반찬이 이리 조ᄒ니 뉘 집 졔ᄉ
드냐

심쳥이 진지상을 다 물니고 담비불을 피워 올닌 후에 셰슈 얼
는 정이 ᄒ야 눈물 흔적 업시ᄒ고 ᄉ당에 하직ᄒ고 부친 압헤
밧비 나와 두 손을 덥셕 쥐고 아바지를 부르더니 다시ᄂ 말
못ᄒ고 긔졀ᄒ다

심 봉ᄉ 쌈작 놀나

아가 웬일이냐 정신 차려 말ᄒ여라 오냐 앗가 밧게셔 사ᄅᆷ소리
나더니 건너편 쟝 진ᄉ 딕에셔 너를 다리러 왓ᄂ보구나

이익 부녀 리별 어렵지만 불과 ᄒᆫ 동리 건너편에 혈마 엇지ᄒ랴

"여보, 선인들! 오늘이 행선 날인 줄은 나도 알고 있거니와 몸이 팔려 가는 줄은 부친님이 모르시니 잠깐만 지체하면 부친께 진지나 한번 마지막으로 지어 드리고 팔린 말씀 여쭌 후에 떠나게 하옵소서."

선인들이 허락하니 심청이 들어와서 눈물로 지은 밥을 부친 앞에 드려 놓고 아무쪼록 마지막으로 그 부친이 밥 많이 먹는 것을 볼 양으로 반찬 떼어 입에 넣어 주며 쌈도 싸서 수저에 놓으며

"아버지, 많이 잡수시오."

(심 봉사) "에구, 잘 먹는다. 오늘 반찬이 이리 좋으니 뉘 집 제사더냐?"

심청이 진짓상을 다 물리고 담뱃불을 피워 올린 후에 세수 얼른 깨끗이 하여 눈물 흔적 없이 하고 사당에 하직하고 부친 앞에 바삐 나와 두 손을 덥석 쥐고 아버지를 부르더니 다시는 말 못하고 기절한다.

심 봉사 깜짝 놀라

"아가, 웬일이냐? 정신 차려 말하여라. 오냐, 아까 밖에서 사람 소리 나더니 건너편 장 진사 댁에서 너를 데리러 왔나 보구나. 애, 부녀 이별 어렵지만 불과 한 동리 건너편에 설마 어찌하랴?

117

55

그러느 됴석으로 네 손에 먹든 밥을 다시 엇지ᄒ며 젹막공방에
너 혼아 이 곁혜 잇셔 틱산갓치 든든ᄒ든 너를 보너는 내 마음
이야 춤말 엇더ᄒ겟느냐 셥셥ᄒ고 긔막히기로 말을 ᄒ면 늬가
너보담 더ᄒ구나

너 웨 이리 실셩을 ᄒ느냐

원슈의 눈쌀 ᄯᅥ문에 공양미 삼빅 셕이 틱산 ᄀᆞ흔 늬 쏠을 셔로
ᄶᅥ나 잇게 ᄒ는구나

이츠피 그리된 바에는 눈이나 얼는 밝앗스면 너를 츠ᄌ보려
마음더로 단니련만

부쳐님이 자비ᄒ고 령검ᄒ다고 튼튼이 밋엇더니

공양미 삼빅 셕을 네 몸 파라 밧친 지가 이과반년 되엿는더
눈커냥 코도 밝지 안이ᄒ니 즁놈이 쇽엿는지 부쳐님이 무심흔지
이런 긔막힐ᄉ 것 이째ᄭᅥ지 감감ᄒ니 이이 춤말 쇽상흔다

부쳐님이 졍말 잇셔 과연 자비령검 ᄒ고 보면 삼빅 셕을 안
밧고라도 불상흔 늬 눈일낭은 발셔 ᄯᅳ게 홀 거시오

하물며 남에 것을 바다먹고 엇지 그리 무심ᄒ냐

그러나 조석으로 네 손에 먹던 밥을 다시 어찌하며 적막공방에 너 하나 이 곁에 있어 태산같이 든든하던 너를 보내는 내 마음이야 참말 어떠하겠느냐? 섭섭하고 기막히기로 말을 하면 내가 너보다 더하구나. 너 왜 이리 실성을 하느냐?

원수 같은 눈깔 때문에 공양미 삼백 석이 태산 같은 내 딸을 서로 떠나 있게 하는구나. 어차피 그리된 바에는 눈이나 얼른 밝았으면 너를 찾아보려 마음대로 다니련만. 부처님이 자비하고 영검하다고 튼튼히 믿었더니, 공양미 삼백 석을 네 몸 팔아 바친 지가 이과반년(二過半年) 되었는데 눈은커녕 코도 밝지 아니하니 중놈이 속였는지 부처님이 무심한지 이런 기막힐 것 이때까지 감감하니 얘야, 참말 속상하다.

부처님이 정말 있어 과연 자비영검 하고 보면 삼백 석을 안 받고라도 불쌍한 내 눈일랑은 벌써 뜨게 할 것이지. 하물며 남의 것을 받아먹고 어찌 그리 무심하냐?

56

에그 폐스징 나는 디로 호면 그놈에 공양미 삼빅 셕은 니나 도로 츳즈다 먹고 말든지 이졔라도 네 몸을 도로 물을스가보다 심청이 겨오 정신 츠려 부친의 말도 듯고 다시금 싱각호니 불공도 허스오 신명도 무익이라 그러나 임의 시쥬혼 쑬을 다시 둘나 홀 슈 업고 션인들에 힝션 긔약은 어길 슈가 업는 터이라 마지못 호야 그 부친을 리별호고 션인 짜라 가려호니 그 길은 춤말 슬푼 길이라 압 못 보는 그 부친을 싱각호니 발길이 엇지 도라셔 리오 하물며 부친을 속여 죵시 쟝 진스 집으로 간다호면 후일에 익미호 쟝 진스 집에 가 나 찻노라 이쓸 터이니 죽으려 가노라 진정을 고호면 부친 마음이 더 샹홀 터이고 죵시 속여 쩌나기는 더욱이 못홀 바라 울음 반 말 반으로 부친 압헤 진정이라 여보 아바지 니가 불효녀가 되야 아바지를 혼 번 속엿쇼 공양 미 삼빅 셕을 뉘가 나를 주엇겟쇼 남도 쟝스 션인들의게 쟝산 곳 졔슈로 팔녀 삼빅 셕을 밧앗스니 몸이 임의 팔녓슨즉 다시 물을 슈도 업쇼구려 오날 쩌나는 날이 되여 션인들이 발셔 왓 스니 오날 나를 망죵 보십시오

심 봉스가 그 말 듯고 두 눈이 멀쑹멀쑹호야지고 입설이 실눅 실눅호여지며 이이 그것 웬 말이냐 춤말이냐 헛말이냐 션인 짜라 못 가리라

에그, 폐증 나는 대로 하면 공양미 삼백 석은 나나 도로 찾아다 먹고 말든지 이제라도 네 몸을 도로 물릴까 보다."

심청이 겨우 정신 차려 부친의 말도 듣고 다시금 생각하니 불공도 허사요, 신명도 무익이라. 그러나 이미 시주한 쌀을 다시 달라 할 수 없고 선인들의 행선 기약은 어길 수가 없는 터이라. 마지못하여 그 부친을 이별하고 선인 따라 가려 하니 그 길은 참말 슬픈 길이라 앞 못 보는 그 부친을 생각하니 발길이 어찌 돌아서리오. 하물며 부친을 속여 끝내 장 진사 집으로 간다 하면 후일에 애매한 장 진사 집에 가 나 찾느라 애쓸 터이니 죽으러 가노라 진정을 고하면 부친 마음이 더 상할 터이고, 끝까지 속여 떠나기는 더욱이 못할 바라. 울음 반 말 반으로 부친 앞에 진정이라.

"여보, 아버지. 내가 불효녀가 되어 아버지를 한 번 속였소. 공양미 삼백 석을 뉘가 나에게 주었겠소? 남도 장사 선인들에게 장산곶 제수로 팔아 삼백 석을 받았으니 몸이 이미 팔렸은즉 다시 물을 수도 없구려. 오늘 떠나는 날이 되어 선인들이 벌써 왔으니 오늘 나를 마지막으로 보십시오."

심 봉사가 그 말 듣고 두 눈이 멀뚱멀뚱해지고 입술이 실룩실룩해지며

"애, 그게 웬 말이냐? 참말이냐, 헛말이냐? 선인 따라 못가리라.

57

날더러 뭇도 안코 네 임의로 흐단 말가

네 살고 내 눈 쓰면 그는 과연 됴커니와

즈식 죽여 눈을 쓰면 그것 츰아 홀 일이냐

너의 모친 너를 낫코 칠 일만에 죽은 후에

눈 어두은 늙은 거시 품안에 너를 품고

이 집 져 집 단니면셔 구츠훈 말 흐야 가며

동냥졋을 어더 먹여 이만침 키워너니

너의 모친 죽은 셔름 츠즈로 니즐너니

이거시 무슴 말고 마라 마라 못 흐리라

안히 죽고 즈식 죽고 나만 사라 무엇 흐랴

우리 부녀 함께 죽쟈 눈을 파라 너를 살데 너를 파라 눈을 사니

그 눈 쓴들 무엇 흐랴

이 모양으로 사셜을 흐다가 홀연 문밧글 니다보며 무엇이 보이

는 드시 집팡막티를 쑥쑥 쑤드리며

이놈 션인들아 쟝스도 됴커니와 사름 스다ㄱ 죽여 졔스흐는

디 어디셔 보앗느냐

나에게 묻지도 않고 네 임의로 한단 말인가? 네 살고 내 눈 뜨면 그건 과연 좋거니와, 자식 죽여 눈을 뜨면 그것 차마 할 일이냐?

너의 모친 너를 낳고 칠 일 만에 죽은 후에 눈 어두운 늙은 것이 품 안에 너를 품고, 이 집 저 집 다니면서 구차한 말 하여 가며 동냥젖을 얻어 먹여 이만큼 키워 내니, 너의 모친 죽은 설움 차차로 잊을러니 이것이 무슨 말인고? 마라, 마라, 못 하리라.

아내 죽고 자식 죽고 나만 살아 무엇 하랴? 우리 부녀 함께 죽자. 눈을 팔아 너를 사지, 너를 팔아 눈을 사니 그 눈 뜬들 무엇 하랴?"

이 모양으로 사설을 하다가 홀연 문밖을 내다보며 무엇이 보이는 듯이 지팡막대를 뚝뚝 두드리며

"이놈, 선인들아. 장사도 좋거니와 사람 사다가 죽여 제사하는 데 어디서 보았느냐?

58

하물며 눈 먼 놈의 무남독녀 철몰으는 어린 아희를 쬐여 눌 모로게 유인ᄒᄆ면 네가 족키 갑슬 쥬고 살터이냐

이놈들아 공양미도 나 몰은다 너의가 도로 찻든지 말든지 니 쏠은 못 디려가리라

이놈들 고이ᄒᆫ 놈들 어듸 보쟈 병신 놈 고은 데 업느니라 나ᄒ테 견데 보아라

그ᄭᆞ진 공양미 눈커녕 귀도 안 쯰이더라

그싸진 중놈의 쇼리 곳이듯고 쏠 팔 닉 안일다

이놈들아 사룸을 사다가 살녀 쥬어도 ᄉᆔ연치 안은데 죽여 졔스를 ᄒᆞᆫ단 말가 눈이 뜬디도 쏠은 못 팔 터이다

차라리 너의 계집을 만들던지 죵을 만들어도 조곰 낫지 산 사룸을 죽여 졔스를 ᄒᆞ야 이 경칠 놈들아

사룸 죽이고 잘 되랴는 너의 갓흔 놈은

하느님이 벼락을 치리라

좌우간 니 쏠은 못 디려간다

니 쏠을 그혀코 디려가랴거든 나부터 죽이고 디려가거라

하물며 눈 먼 놈의 무남독녀 철모르는 어린아이를 꾀어 나 모르게 유인하면 네가 족히 값을 주고 살 터이냐? 이놈들아, 공양미도 나 모른다. 너희가 도로 찾든지 말든지 내 딸은 못 데려가리라. 이놈들, 고얀 놈들. 어디 보자. 병신 놈 고은 데 없느니라. 나한테 견뎌 보아라.

그까짓 공양미 눈커녕 귀도 안 뜨이더라. 그까짓 중놈의 소리 곧이듣고 딸 팔 내 아니다. 이놈들아, 사람을 사다가 살려 주어도 시원치 않은데, 죽여 제사를 한단 말인가? 눈을 뜬대도 딸은 못 팔 터이다.

차라리 너의 계집을 만들든지 종을 만들어도 조금 낫지, 산 사람을 죽여 제사를 하냐? 이 경칠 놈들아! 사람 죽이고 잘 되려는 너의 같은 놈은 하나님이 벼락을 치리라. 좌우간 내 딸은 못 데려간다.

내 딸을 기어코 데려가려거든 나부터 죽이고 데려가거라."

59

이쎄 션인들이 문 밧게 기다리다가 심 봉亽의 욕셜을 듯고 분
을 니여 흐는 말이 여보시오 우리도 금ᄌ치 귀흔 쓸 삼빅 셕을
쥬고 삿쇼 팔 째에는 가만잇고 이졔 와셔 웬 말이오

지금 와셔 몰낫다고 아모리 핑계흐야도 그것은 도젹의 심亽가
분명흐오 그야말노 병신 고은 듸 업쇼구려

흔 놈 넹큼 쮜여들어 심쳥을 잡아늬고 쏘 흔 놈은 쮜여들어
심 봉亽를 꼭 붓들고 두세 놈이 옹위흐야 심쳥을 모라간다

심 봉亽는 잡은 놈을 쑤리치고 쮜여 늬다라 심쳥을 꼭 붓들고
듸셩통곡 슬피 울며 못 가리라 악을 쓰니 효심 만은 심쳥이가
그 부친을 권고흔다

나는 임의 죽거니와 아바지 눈을 쩌셔 듸명턴듸 붉은 눌을 다
시 보고 착흔 사롬 구흐야셔 아둘 나아 후亽를 젼흐시고 불효
녀 심쳥은 다시 싱각 마옵시고 만슈무강흐십시오

부녀 량인이 이 모양으로 슬피 울며 셔로 쩌러지지 안이흐니
션인들이 심쳥의 효셩과 심 봉亽의 신셰를 칙은이 넉여 져의끼리
의론흐고 다시 쓸 이빅 셕과 돈 이빅 량과 빅목 마목 각 한
동을 동리에 드러놋코 동리 사람을 급히 모아 그 사유를 셜

이때 선인들이 문밖에서 기다리다가 심 봉사의 욕설을 듣고 분을 내어 하는 말이

"여보시오, 우리도 금같이 귀한 쌀 삼백 석을 주고 샀소. 팔 때에는 가만있고, 이제 와서 웬 말이오? 지금 와서 몰랐다고 아무리 핑계하여도 그것은 도적의 심사가 분명하오. 그야말로 병신 고은 데 없구려."

한 놈 냉큼 뛰어들어 심청을 잡아내고 또 한 놈은 뛰어들어 심 봉사를 꼭 붙들고 두세 놈이 옹위하여 심청을 몰아간다.

심 봉사는 잡은 놈을 뿌리치고 뛰어 내달아 심청을 꼭 붙들고 대성통곡 슬피 울며

"못 가리라."

악을 쓰니 효심 많은 심청이 그 부친을 권고한다.

"나는 이제 죽거니와 아버지 눈을 떠서 대명천지 밝은 날을 다시 보고 착한 사람 구하여서 아들 낳아 후사를 전하시고 불효녀 심청은 다시 생각 마옵시고 만수무강하십시오."

부녀 양인이 이 모양으로 슬피 울며 서로 떨어지지 아니하니 선인들이 심청의 효성과 심 봉사의 신세를 측은히 여겨 저희끼리 의논하고 다시 쌀 이백 석과 돈 이백 냥과 백목, 마목 각각 한 동을 동리에 들여놓고 동리 사람을 급히 모아 그 사유를

60

명흐고 돈 이빅 량은 쌍을 샤셔 도지46) 밧고 쏠 이빅 셕은 년년
이 장리 노아 취식흐야 심 봉스의 량식을 숨게 흐고 빅목 마목은
사쳘의복을 작만케 흔 후 관가에 공문 니여 동리에다 붓치게
흐고 심 봉스의게 그 스연을 말흔 후에 심쳥을 다시 디려가니
심 봉스는 일향 그 모양으로 쏠을 붓들고 통곡흐며 날쒸면셔
날 죽이고 가거라 거져는 못 가리라 날 다리고 가거라

너 혼자는 못 가리라

네 이런 일도 흐느냐

(심쳥) 샤셰 임의 이러케 된 터에 안이 갈 슈는 업슴니다 부녀
간 텬륜지의를 쯘코 십허 쯘는 것도 안이오 죽고 십허 죽는
것도 안이올시다 차역 뎡슈로 사싱이 한이 잇셔 흐놀이 흐는
일을 인력으로 엇지흐오 부친 두고 가는 나도 여한이 만단이나
한헌들 엇지 흐옵닛가

이갓치 위로흐고 션인 짜라 압셔가니 가기는 가거니와 고금
텬하에 슬푼 길이 이밧게는 다시업다

텬디가 막막흐고 일월이 무광이라 방셩통곡 슬피 울며 치마쯘
을 졸나믹고 허트러진 머리털은 두 귀 밋헤 느러지고 빗발갓치
흐르는 눈물은 옷깃세 샤못친

설명하고 돈 이백 냥은 땅을 사서 소작료 받고 쌀 이백 석은 연년이 장리 놓아 취식하여 심 봉사의 양식을 삼게 하고 백목, 마목은 사철의복을 장만케 한 후 관가에 공문 내어 동리에다 부치게 하고, 심 봉사에게 그 사연을 말한 후에 심청을 다시 데려가니 심 봉사는 한결같이 그 모양으로 딸을 붙들고 통곡하며 날뛰면서

"날 죽이고 가거라. 그저는 못 가리라. 날 데리고 가거라. 너 혼자는 못 가리라. 네 이런 일도 하느냐?"

(심청) "사세 이미 이렇게 된 터에 아니 갈 수 없습니다. 부녀간 천륜지의를 끊고 싶어 끊는 것도 아니요, 죽고 싶어 죽는 것도 아니올시다. 이 역시 운수로, 사생이 한이 있어 하늘이 하는 일을 인력으로 어찌하오? 부친 두고 가는 나도 여한이 만단이나 한한들 어찌 하오리까?"

이같이 위로하고 선인 따라 앞서가니 가기는 가거니와 고금 천하에 슬픈 길이 이밖에는 다시없다.

천지가 막막하고 일월이 무광이라. 방성통곡 슬피 울며 치마끈을 졸라매고, 흐트러진 머리털은 두 귀 밑에 늘어지고 빗발같이 흐르는 눈물은 옷깃에 사무친다.

61

다 업더지며 잡바지며 붓들니어 나아갈 졔 그 부친 심 봉스는
션인들과 동리스람의게 붓들녀 만단 위로를 밧것만은 그 마음
상탈홈이 말노 엇지 형용호리요

심쳥의 동모 익들은 동리 밧짜지 짜라 나오며 피츠 슬퍼 통곡
호니 심쳥이 울음 끗에 져의 동모를 작별혼다

이이 취홍이네 큰 아가 나 한 번 간 연후에 샹침질 싹금질과 각디
흉비 학 그리기 눌과 홈끠 호랴느냐 너를 한 번 리별호면 언제
다시 만나보랴 너의들은 부모 량친 잘 뫼시고 부디 부디 잘 잇거라

이 모양으로 써날갈 졔 쯧밧게 두견시는 야월공산 버려두고
심쳥의 나가는 산모통이에셔 블어귀라 슬퍼우나 갑슬 밧고 팔
닌 몸이 도라올 길 만무호다

한 거름 두름에 도화동을 향호야셔 열 번 빅 번 도라보며 슬피
울며 가는 형상 텰셕인들 안이 울냐 잡아가는 션인들도 눈물지
고 모라가니 이렁져렁 가는 거시 강두에 다다르니 빈는 방장
써나려 혼다

션인들이 심쳥을 빈에 싯고 닷츨 감스고 돗을 둘아 어긔여츠
몃 마디에 북을 둥둥 울니면셔 노를 져어 니려가니 범피중류
써나간다

빅빈쥬[47] 갈믹이는 홍로[48]로 나라들고 소상강 기러기는 쩨를
지어 도라든다

엎어지며 자빠지며 붙들리어 나아갈 제 그 부친 심 봉사는 선인들과 동리 사람에게 붙들려 만단 위로 받건마는 그 마음 상함을 말로 어찌 형용하리오!

심청의 동무 애들은 동리 밖까지 따라 나오며 피차 슬피 통곡하니 심청이 울음 끝에 저의 동무를 작별한다.

"얘, 취홍이네 큰 아가. 나 한 번 간 연후에 상침질, 깎음질과 각대, 흉배, 학 그리기 뉘와 함께 하려느냐? 너를 한 번 이별하면 언제 다시 만나 보랴? 너희들은 부모 양친 잘 모시고 부디 부디 잘 있어라."

이 모양으로 떠나갈 제, 뜻밖에 두견새는 야월공산 버려두고 심청의 나가는 산모퉁이에서 '불여귀'라 슬피 우나 값을 받고 팔린 몸이 돌아올 길 만무하다.

한 걸음, 두 걸음에 도화동을 향하여서 열 번 백 번 돌아보며 슬피 울며 가는 형상 철석(鐵石)인들 아니 울랴? 잡아가는 선인들도 눈물지고 몰아가니 이렁저렁 가는 것이 강두에 다다르니 배는 바야흐로 떠나려 한다.

선인들이 심청을 배에 싣고 닻을 감고 돛을 달아 어기여차 몇 마디에 북을 둥둥 울리면서 노를 저어 내려가니 범피중류 떠나간다. 백빈주 갈매기는 홍료로 날아들고 소상강 기러기는 떼를 지어 돌아든다.

62

신포세류 지는 닙과 옥로청풍 묽은 밤에 야속훈 어션들은 등화
를 놉피 달고 두어 곡됴 관니셩49)에 도도느니 슈심이라 가련훈
심청이가 졔수젼50)에 죽쟈호니 션인들이 슈직호고 사라 실녀
가쟈 호니 고향은 점점 멀어가고 부친 싱각 간졀호다

심청이 호을 품고 혼자말노 탄식이라

어허 불상훈 이 니 몸이 강상에 써오면셔 비에 잔 지 몃 밤인가
거연이51) 오륙 일이 문리갓치 지닛고나 내 몸이 졔슈될 날은
오날인가 릭일인가 망망훈 대히 즁에 물결은 탕탕호니 조고만
훈 내 일신에 영결홀 곳 뎌긔로구나 샤이지차 된 바에는 한시
밧비 죽어뎌셔 푸른 물 깁푼 속에 풍덩실 드러갓스면 니 셔름
을 니즈리라

이갓치 탄식호는 즈음에 그곳은 어듸인가 쟝산곳이 여긔로다
홀연이 광풍이 대작호며 슈파가 니러느니 산갓흔 물결은 비
우흐로 넘어가고 열人길 남은 비人돗더가 쌍쌍 직근 부러지니
큰아큰 당도리52) 비안에 슈십인 싱명이 경각에 달녓더라 이째
도사공은 황황실싴호야 제사 긔구를 비셜호고 모든 상고 션인
들은 창황망조53) 호엿더라

신포세류(新蒲細柳) 지는 잎과 옥로청풍(玉露淸風) 맑은 밤에 야속한 어선들은 등화를 높이 달고, 두어 곡조 뱃노래에 돋우나니 수심이라. 가련한 심청이가 제수전에 죽자 하니 선인들이 지키고 살아서 실려 가자 하니 고향은 점점 멀어가고 부친 생각 간절하다.

심청이 한을 품고 혼잣말로 탄식이라.

"어허, 불쌍한 이 내 몸이 강상에 떠오면서 배에 잔 지 몇 밤인가? 거연히 오륙 일이 물레같이 지났구나. 내 몸이 제수될 날은 오늘인가, 내일인가? 망망한 대해 중에 물결은 탕탕하니 조그마한 내 일신이 영결할 곳 저기로구나. 일이 이미 이렇게 된 바에는 한시 바삐 죽어져서 푸른 물 깊은 속에 풍덩실 들어갔으면 내 설움을 잊으리라."

이같이 탄식하는 즈음에 그곳은 어디인가? 장산곶이 여기로다. 홀연히 광풍이 대작하며 물결이 일어나니 산 같은 물결은 배 위로 넘어가고 열 길 넘는 배 돛대가 꽝꽝 지끈 부러지니 크나큰 배 안에 수십 인 생명이 경각에 달렸더라. 이때 도사공은 어쩔 줄 모르고 실색하여 제사 기구를 배설하고 모든 장사 선인들은 창황망조하였더라.

63

셤 쓸노 밥을 짓고 왼 소 잡고 왼 독 슐을 버려놋코 삼식 실과
와 오식 탕슈를 방위디로 추려논 후 심청을 목욕 식혀 정훈
의복 니여 닙혀 비머리에 안쳐 놋코 도사공이 고사홀 졔 북을
둥둥 울니면서 지셩츅원 ᄒ는 말이

헌원씨 비를 지여 이졔불통(以濟不通) 훈 연후에 후싱이 본을
바다 각기 위업ᄒ옵ᄂ니

막디훈 공덕을 만고에 힘닙싸와 우리 동모 스물네 명이 역시
쟝스로 위업ᄒ와 슈쳔 리를 단니더니 오늘 장산곳 인당슈에
길일량신54)을 가리여서 룡긔봉긔를 쏘자놋코 인졔수를 드리
오니 사히룡왕과 강호지쟝이 졔수를 흠향ᄒ고 환론 업시 도읍
소셔

만경창파 비를 씌고 록파 상에 노를 져어 장사ᄒ는 이 비안에
다소 물화 가득ᄒ니 이곳 무사이 넘긴 후에도 사시장텬 순풍
맛나 동셔남북 단일 젹에 모리사셕 엿튼 목과 바위층셕 험훈
곳을 부운갓치 지나가고 원방소망 근방소망 시암갓치 소사나
셔 이 힝보에 빅쳔만금 퇴를 니게 ᄒ옵시고 힝보마다 소망셩취
ᄒ여쥬오

빌기를 다훈 후에 심청을 물에 들나 셩화갓치 직촉훈다 심쳥이
홀 일 업셔 룍디

섬 쌀로 밥을 짓고, 모든 소 잡고, 모든 독의 술을 벌여 놓고 삼색 실과와 오색 탕수를 방향대로 차려 놓은 후 심청을 목욕 시켜 정한 의복 내어 입혀 뱃머리에 앉혀 놓고 도사공이 고사 할 제, 북을 둥둥 울리면서 지성축원 하는 말이

"헌원씨 배를 지어 이제불통(以濟不通) 한 연후에 후생이 본을 받아 각기 위업(爲業)하옵나니 막대한 공덕을 만고에 힘입사와 우리 동무 스물네 명이 역시 장사로 위업하와 수천 리를 다니더니 오늘 장산곶 인당수에 길일양신(吉日良辰)을 가리어서 용기(龍旗) 봉기(鳳旗)를 꽂아놓고 인제수를 드리오니 사해 용왕과 강한지장(江漢之將)이 제수를 흠향하고 환란 없이 도우소서.

만경창파 배를 띄우고 녹파(綠波) 위에 노를 저어 장사하는 이 배 안에 다소 물화 가득하니 이곳 무사히 넘긴 후에도 사시 장철 순풍 만나 동서남북 다닐 적에 모래사석 옅은 목과 바위 층석 험한 곳을 부운같이 지나가고 원방소망 근방소망 샘같이 솟아나서 이 행보에 백천만금(百千萬金) 퇴를 내게 하옵시고 행보마다 소망성취하여 주오."

빌기를 다한 후에 심청을 물에 들라 성화같이 재촉한다. 심청이 하릴없어 육지를

64

를 바라보며 도화동을 향흐야셔 다시 흔 번 흐는 말이

아바지 나는 죽소 눈이나 어셔 쩌져 만셰무강 흐옵시고 불효녀 심쳥은 다시 싱각 마십시오

다시 션인들을 도라보며 망죵 인스로 흐는 말이

여보 여러분 션쥬님네 만경창파 험흔 길에 평안이 왕리흐고 만일 이리 지너거든 나의 령혼 다시 불너쥬고 우리 고향에 가시거든 우리 부친 맛나보고 내가 죽지안코 사라잇다 젼흐시오

목멘 소리로 셔른 말을 겨오 쏙 끈친 후에 비 아리를 구버보니 셔텬의 지는 희는 해상에 거리흐고 음풍은 링삽흔디 수파는 흉흉흐다

영치 죠은 두 눈을 쏙 감고 치마를 무릅쓴 후 물에 풍덩 쮜여드니 훗눌니는 희당화는 풍랑을 좃츠가고 시로 돗는 밝은 달은 희문에 잠겻더라

만고효녀 절디가인 이팔쳥츈 심 소져가 장산곳 디희 변에 일쟝 츈몽을 깁피 쑤니 쑴이라 흐는 거슨 제 싱각에 변화러라

옥갓 흔 소져 몸이 물속으로 드러간 후 어디로 쩌가는지 어디로 드러가는지 졍신이 한번 앗

쏙흔 후에는 깁푼 잠결에 경경흔 일신이 지향 업시 가는 길에 홀연 원참

바라보며 도화동을 향하여서 다시 한 번 하는 말이

"아버지, 나는 죽소. 눈이나 어서 떠서 만세무강하옵시고 불효녀 심청은 다시 생각 마십시오."

다시 선인들을 돌아보며 마지막 인사로 하는 말이

"여보, 여러분 선주님네. 만경창파 험한 길에 평안히 왕래하고 만일 이리 지나거든 나의 영혼 다시 불러 주고, 우리 고향에 가시거든 우리 부친 만나 보고 내가 죽지 않고 살아 있다 전하시오."

목멘 소리로 서러운 말을 겨우 뚝 그친 후에 배 아래를 굽어 보니 서천의 지는 해는 해상에 거래하고, 음풍은 냉습한데 물결은 흉흉하다. 영채 좋은 두 눈을 꼭 감고 치마를 무릅쓴 후 물에 풍덩 뛰어드니 흩날리는 해당화는 풍랑을 쫓아가고 새로 돋는 밝은 달은 햇무리에 잠겼더라.

만고효녀 절대가인 이팔청춘 심 소저가 장산곶 대해 변에 일장춘몽을 깊이 꾸니 꿈이라 하는 것은 제 생각의 변화더라. 옥 같은 소저 몸이 물속으로 들어간 후 어디로 떠가는지 어디로 들어가는지 정신이 한번 아뜩한 후에는 깊은 잠결에 경경한 일신이 지향 없이 가는 길에 홀연 원참군

65

군 별주부와 무수흔 룡궁 시녀들이 빅옥 교자를 등디ᄒᆞ야 심
소져를 뫼셔 가랴고 어셔 타라 권고흔다

심쳥이 졍신 차려 시녀의게 샤양ᄒᆞ되

나는 인간 쳔인이라 엇지 감이 룡궁 교자를 타오릿가 쳔말불가
ᄒᆞ오이다

룡궁 시녀의 ᄒᆞ는 말이

작일에 옥황상뎨끠셔 우리 룡왕끠 분부ᄒᆞ시기를 명일 져녁에
츌텬디효 심 소져가 인당슈에 ᄲᅡ지리니 우리를 명ᄒᆞ야 급히
구ᄒᆞ야 슈졍궁에 머무르고 상뎨 명을 기다려셔 환송 인간ᄒᆞ라
ᄒᆞ엿기 소녀들이 이곳에 등디흔 터이오니 어셔 밧비 타십시오

(심 소져) 그시 룡왕의 시녀로 이갓치 영졉을 ᄒᆞ는 터에 갓치
가기는 ᄒᆞ려니와 빅옥교에는 감히 못 타겟소

(시녀) 이것은 우리 디왕끠셔 보닌신 것인데 만일 안이 타시면
소녀들이 불민흔 죄샹을 면치 못홀 터인즉 어셔 타고 가옵시다

이갓치 강권홈을 못 닉이여 빅옥 갓흔 심 소져가 빅옥교에 올
나안지니 풍진이 잠잠ᄒᆞ고 일월이 명랑흔디 순식간에 룡궁에
다다르니

별주부와 용궁 시녀들이 백옥 교자를 등대하여 심 소저를 모셔 가려고 어서 타라 권고한다.

심청이 정신 차려 시녀에게 사양하되

"나는 인간 천인이라. 어찌 감히 용궁 교자를 타오리까? 천만불가하오이다."

용궁 시녀의 하는 말이

"작일에 옥황상제께서 우리 용왕께 분부하시기를 명일 저녁에 출천대효 심 소저가 인당수에 빠지리니 우리를 명하여 급히 구하여 수정궁에 머무르고 상제 명을 기다려서 환송 인간하라 하였기에 소녀들이 이곳에 등대한 터이오니 어서 바삐 타십시오."

(심 소저) "그대, 용왕의 시녀로 이같이 영접을 하는 터에 같이 가기는 하려니와 백옥교에는 감히 못 타겠소."

(시녀) "이것은 우리 대왕께서 보내신 것인데 만일 아니 타시면 소녀들이 불민한 죄상을 면치 못할 터인즉 어서 타고 가옵시다."

이같이 강권함을 못 이기어 백옥 같은 심 소저가 백옥교에 올라앉으니 풍진이 잠잠하고 일월이 명랑한데 순식간에 용궁에 다다르니 그곳은 서히룡궁이라 흐는데 과연 별유텬디비인간(別有天地非人間)이라 경궁요디(瓊宮瑤臺)와 쥬란화각(朱欄畫閣)이 사면에 버려 잇서 고디광실(高臺廣室)이 전혀 유리와 수정으로 지엇더라

서히룡왕과 왕후 공쥬가 멀니 나와 영졉흐야 수정궁 죠용헌 젼각으로 하쳐를 뎡흐엿고 공쥬로 흐야금 소져를 졉디흐는데 (공쥬) 우리 부왕이 심 소져끠서 만고디효로 창히 즁에 귀톄를 버리심이 대단이 가긍흐시다고 급급히 영졉흐야 영구이 룡궁에 게시게 흐려든 츠에 상뎨끠서 명령홉시기를 급히 구흐야 아직 수정궁에 머무르고 다시 환숑 인간흐라 흐엿스오니 이곳서 평안이 류흐시다가 인근으로 나가게 흐십시오

(심쳥) 인근의 뎨일 불효녀는 나 한아뿐인데 엇지흐야 효녀라 흐시며 귀 부왕끠서 그갓치 싱각흐시는 후덕은 천만 감격홉니다 이갓치 룡왕의 쏠과 피츳 수작을 흐는 즁에 음식상이 드러온다 빅옥반에 호박 그릇이며 오식 옥병에 자하쥬 감로쥬도 노엿잇고 삼천 벽도로 안쥬를 흐니 무비[55] 세상에서는 구경도 못 흐든 음식과 긔명이라

심 소져가 룡궁에 류흔 지가 얼마나 되엿든지 시시로 샤히룡왕이 사신을 보닉여

그곳은 서해용궁이라 하는데 과연 별유천지비인간(別有天地 非人間)이라. 경궁요대(瓊宮瑤臺)와 주란화각(朱欄畫閣)이 사면에 벌여 있어 고대광실(高臺廣室)이 완전히 유리와 수정으로 지어졌더라.

서해용왕과 왕후, 공주가 멀리 나와 영접하여 수정궁 조용한 전각으로 거처를 정하였고 공주로 하여금 소저를 접대하는데

(공주) "우리 부왕이 심 소저께서 만고대효로 창해 중에 귀체를 버리심이 대단히 가긍하시다고 급급히 영접하여 영구히 용궁에 계시게 하려던 차에 상제께서 명령하시기를 급히 구하여 잠시 수정궁에 머무르고 다시 환송 인간하라 하였사오니 이곳에서 평안히 유하시다가 인간으로 나가게 하십시오."

(심청) "인간의 제일 불효녀는 나 하나뿐인데 어찌하여 효녀라 하시며 귀 부왕께서 그같이 생각하시는 후덕은 천만 감격합니다."

이같이 용왕의 딸과 피차 수작을 하는 중에 음식상이 들어온다.

백옥반에 호박 그릇이며 오색 옥병에 자하주, 감로주도 놓여 있고 삼천 벽도로 안주를 하니 이 모든 것이 세상에서는 구경도 못 하던 음식과 그릇이라.

심 소저가 용궁에 유한 지가 얼마나 되었던지 시시(時時)로 사해용왕이 사신을 보내어

67

만고효녀 심 소져의게 문안을 드리더라

일일은 서희룡왕이 옥황상데의 명을 바다 심 소져를 인근으로 츌숑ᄒᆞ는데 오식 긔화를 좌우에 둘너 쏘즌 빅옥 교자에 고이 안치고 시녀로 ᄒᆞ여금 장산곳 인당수로 보니며 룡왕과 룡왕비는 궁궐밧게 멀니 젼숑ᄒᆞ고 룡왕의 공쥬는 시녀와 갓치 인당수까지 젼숑ᄒᆞ니 심 소져가 공쥬를 작별홀 졔

(공쥬) 물과 륙디가 셔로 달나 길게 뫼시지 못ᄒᆞ거니와 소져는 밧비 인근으로 나가 부귀영화를 누리시오

(심청) 룡궁의 후덕을 닙어 이와 갓치 션디홈을 밧엇스니 은혜 빅골난망이오 이갓치 쟉별흔 후 빅옥교의를 삽분 니려 인근으로 나왓더라

사희룡왕이니 옥황상데니 ᄒᆞ는 거슨 녯놀 어리석은 나라 사람들의 거즛말노 꿈여닌 젼셜에 불과ᄒᆞ니 옥황이 어디 잇스며 룡궁이 어디 잇스리오 이거슨 심청이가 상시에 풍속의 젼ᄒᆞ는 허탄흔 말을 듯고 바다에 쩐지기 젼에 혼자 싱각으로

내가 죽으면 룡궁으로 드러가 룡궁의 됴흔 구경을 실컷 ᄒᆞ리라 싱각을 흔 고로 꿈이 된 것이오 꿈이라 ᄒᆞ는 것은 혼이 졔 싱각디로 되는 법이라 그째 심쳥은 비 우에셔 쮜여니려 만경창파 희수 즁에 종젹 업시 되엿스니 업는 룡

만고효녀 심 소저에게 문안을 드리더라.

일일은 서해용왕이 옥황상제의 명을 받아 심 소저를 인간으로 출송하는데 오색 기화를 좌우에 둘러 꽂은 백옥 교자에 고이 앉히고 시녀로 하여금 장산곶 인당수로 보내며 용왕과 용왕비는 궁궐 밖에 멀리 전송하고 용왕의 공주는 시녀 같이 인당수까지 전송하니 심 소저가 공주를 작별할 제

(공주) "물과 육지가 서로 달라 길게 모시지 못하거니와 소저는 바삐 인간으로 나가 부귀영화를 누리시오."

(심청) "용궁의 후덕을 입어 이와 같이 선대함을 받았으니 은혜 백골난망이오."

이같이 작별한 후 백옥 교의를 사뿐 내려 인간으로 나왔더라.

사해용왕이니 옥황상제니 하는 것은 옛날 어리석은 나라 사람들의 거짓말로 꾸며낸 전설에 불과하니 옥황이 어디 있으며 용궁이 어디 있으리오. 이것은 심청이 상시에 풍속의 전하는 허탄한 말을 듣고 바다에 빠지기 전에 혼자 생각으로

'내가 죽으면 용궁으로 들어가 용궁의 좋은 구경을 실컷 하리라.'

생각을 한 고로 꿈이 된 것이오. 꿈이라 하는 것은 혼이 제 생각대로 되는 법이라. 그때 심청은 배 위에서 뛰어내려 만경창파 해수 중에 종적 없이 되었으니 없는 용궁을

68

궁을 언제 가며 임의 죽은 몸에 꿈인들 어더서 싱겻스리오 이
것은 참 이상훈 일이라

그러나 특별이 이상홀 것도 업고 못될 일도 안니라 마참 심청이
써러지든 물 우에 큰 비 밋창 훈아이 써 놀다가 심청의 몸이
그 우에가 걸닌 것이라 그 비 미창은 엇지 크든지 널기는 셔너
발쯤 되고 길이는 열 발도 넘는 터이오 견고호게 모엇든 큰
비 밋창이라 어니 눌 엇던 비가 풍랑에 파상이 되야 다른 거슨
다 씨여지고 오직 견고훈 비 밋창만 남엇는데 그 비 밋창 가온디
는 능히 사람이 걸녀 잇슬만훈 나무토막과 널 틈이 잇는 터이라
아모리 풍랑에 흔들여도 심청의 몸은 꼭 붓터잇서 히상에 둥둥
써단니다가 드리부는 셔풍에 쟝산곳 뒤ㅅ덜미에 잇는 몽금도
(夢金島) 밧게 잇는 빅사장 우에 히당화 꽂밧헤가 걸녓더라
쟝산곳은 황히도 쟝연(長淵)군 셔편에 잇는 히협(海峽)이요 몽
금도는 댱산곳 북편 수십 리허이라

그곳은 도남포녀(島男浦女)가 밤낫 조기잡이와 고기 산양으로
일을 삼는 터인 고로 심청의 다 죽은 몸이 섬 빅셩의게 어든비
되엿는데 심청은 임의 물도 만이 먹고 긔운이 탈진호야 수 시
간이나 긔싁56)이 되여 죽엇는지 잠을 자는지 분간치 못호게

언제 가며 이미 죽은 몸에 꿈인들 어디서 생겼으리오? 이것은 참 이상한 일이라.

그러나 특별히 이상할 것도 없고 못될 일도 아니라. 마침 심청이 떨어지던 물 위에 큰 배 밑창 하나가 떠 놀다가 심청의 몸이 그 위에 가 걸린 것이라. 그 배 밑창은 어찌 크든지 넓이는 서너 발쯤 되고 길이는 열 발도 넘는 터요, 견고하게 모았던 큰 배 밑창이라. 어느 날 어떤 배가 풍랑에 파상이 되어 다른 것은 다 깨어지고 오직 견고한 배 밑창만 남았는데 그 배 밑창 가운데는 능히 사람이 걸려 있을 만한 나무토막과 널빤지 틈이 있는 터이라. 아무리 풍랑에 흔들려도 심청의 몸은 꼭 붙어 있어 해상에 둥둥 떠다니다가 들이부는 서풍에 장산곶 뒷덜미에 있는 몽금도(夢金島) 밖에 있는 백사장 위의 해당화 꽃밭에 가 걸렸더라.

장산곶은 황해도 장연(長淵)군 서편에 있는 해협(海峽)이요, 몽금도는 장산곶 북편 수십 리쯤이라. 그곳은 도남포녀(島男浦女)가 밤낮 조개잡이와 고기 사냥으로 일을 삼는 터인 고로 심청의 다 죽은 몸이 섬 백성에게 얻은 바 되었는데, 심청은 이미 물도 많이 먹고 기운이 탈진하여 수 시간이나 기색(氣塞)이 되어 죽었는지 잠을 자는지 분간치 못하게

69

되엿더니 그 동안에 몽금도섬ᄉ가에 모리밧 우에서 얼마 동안
쑴을 ᄭ어 룡궁 구경을 실컷 혼 것이러라

이때 섬 빅셩들이 심쳥을 구ᄒ야 그 동리 어룬에게 막기고 그
동쟝이 쟝연군수의게 보고를 ᄒ엿는데

황쥬 도화동 ᄉ는 밍인 심학규의 ᄯ 심쳥이 년금 십륙 셰로
그 부친의 눈을 붉키기 위ᄒ야 몸을 팔녀 희즁의 ᄲ졋는데 요
힝 파션혼 비ᄉ조각에 걸녀 본동 모리밧헤 나와 걸녓기로 심
소져를 본군으로 호숑혼다

ᄒ엿거늘 쟝연 군수는 분명혼 관원이라 즉시 황주로 이문ᄒ야
덕확혼 ᄉ연을 아라보고 일변 희주 감영으로 보장을 ᄒ엿는데
희주 감사는 쟝연 군수와 황주 병사의 보장을 볼 ᄲᆫ 안이라
심쳥을 불너 올녀 위인을 살펴보니 용모도 가가홀57) ᄲᆫ 안이라
덕힝이 표면에 나타나는지라 즉시 그 사연을 드러 님금의게
상표를 ᄒ엿더니 맛춤 왕후가 별셰ᄒ고 니던이 뷔인 터이라
님금끠서 심쳥을 불너보시고 그 효셩을 감동ᄒ샤 제신의게 의
론ᄒ시기를

구츙신이면 필어효자지문(求忠臣必於孝子之門)이라 ᄒ니 츙
신을 구ᄒ려면 반다시 효자의 집을 틱홀지라 과인이 심 소져의
미쳔혼 지벌을 불관ᄒ고 그 효

되었더니 그동안에 몽금도섬 가의 모래밭 위에서 얼마 동안 꿈을 꾸어 용궁 구경을 실컷 한 것이더라.

이때 섬 백성들이 심청을 구하여 그 동리 어른에게 맡기고 그 동장이 장연 군수에게 보고를 하였는데

'황주 도화동 사는 맹인 심학규의 딸 심청이 나이 십육 세로 그 부친의 눈을 밝히기 위하여 몸을 팔려 바다에 빠졌는데 요행 파선한 배 조각에 걸려 본동 모래밭에 나와 걸렸기로 심 소저를 본군으로 호송한다.'

하였거늘 장연 군수는 분명한 관원이라. 즉시 황주로 공문을 보내어 적확한 사연을 알아보고 일변 해주 감영으로 보고를 하였는데, 해주 감사는 장연 군수와 황주 병사의 보고를 볼 뿐 아니라 심청을 불러 올려 위인을 살펴보니 용모도 가가(可嘉)할 뿐 아니라 덕행이 표면에 나타나는지라. 즉시 그 사연을 임금에게 상표(上表)를 하였더니 마침 왕후가 별세하고 내전이 빈 터이라. 임금께서 심청을 불러 보시고 그 효성에 감동하사 신하들에게 의논하시기를

"구충신이면 필어효자지문(求忠臣必於孝子之門)이라 하니 충신을 구하려면 반드시 효자의 집을 택할지라. 과인(寡人)이 심 소저의 미천한 지체와 문벌을 상관하지 않고 그 효성을

70

셩을 감동ᄒ야 왕비를 삼고져 ᄒ니 졔신의 ᄯᅳᆺ이 엇더ᄒ뇨
모든 신하가 한결갓치 군왕의 턱인ᄒ시는 밝은 덕을 칭숑ᄒ는
지라

길일량신을 션턱ᄒ야 가례를 힝홀 시 미리 황주로 하교ᄒ야
심 봉ᄉ를 상경케 ᄒ엿더라

당초 심 봉ᄉ는 불상ᄒᆫ 효녀 ᄯᅡᆯ을 일코 모진 목슘을 근근이
보젼ᄒ나 목셕이 안이여든 엇지 마음이 편ᄒ리요 밤낫 밋친
사ᄅᆷ 모양으로 부르나니 심쳥이요 찻나니 내 ᄯᅡᆯ이라 그 부인
곽씨가 심쳥 낫코 죽은 후에 ᄒᆫ번 밋친 사ᄅᆷ 되얏더니 심 봉ᄉ
의 팔ᄌᆞ는 홀 수 업시 밋친 사ᄅᆷ 노릇 밧게는 더홀 것 업는
드시 ᄯᅩ다시 미치광이가 되엿더라

이 집에 가셔도 차자보고 져 집에 가셔도 차자보며
쥬야쟝텬 중얼중얼 부르ᄂᆞ니 심쳥이라

내 ᄯᅡᆯ 심쳥아 내 ᄯᅡᆯ 심쳥아 네 어디로 갓느냐
눌 바리고 네 어디로 갓느냐 가랴거든 ᄀᆞ치 가지 네 혼자 갓단
말가

이와 ᄀᆞ치 셔러홀 제 그 동리에 힝실이 부정ᄒᆫ 뺑덕 어미가
심 봉ᄉ의 전곡이 만은 거슬 보고 먹을 데 탐이 나셔 자원자쳥
으로

감동하여 왕비를 삼고자 하니 제신(諸臣)의 뜻이 어떠한가?"

모든 신하가 한결같이 군왕의 택인하시는 밝은 덕을 칭송하는지라. 좋은 날 좋은 시절을 선택하여 가례를 행할 새, 미리 황주로 하교하여 심 봉사를 상경케 하였더라.

당초 심 봉사는 불쌍한 효녀 딸을 잃고 모진 목숨을 근근이 보전하나 목석이 아니어든 어찌 마음이 편하리오! 밤낮 미친 사람 모양으로 부르니 심청이요, 찾으니 내 딸이라. 그 부인 곽씨가 심청 낳고 죽은 후에 한번 미친 사람 되었더니, 심 봉사의 팔자는 할 수 없이 미친 사람 노릇 밖에는 더할 것 없는 듯이 또다시 미치광이가 되었더라.

이 집에 가서도 찾아보고 저 집에 가서도 찾아보며 주야장천(晝夜長川) 중얼중얼 부르니 심청이라.

"내 딸 심청아, 내 딸 심청. 네 어디로 갔느냐? 날 버리고 네 어디로 갔느냐? 가려거든 같이 가지 네 혼자 갔단 말인가?"

이와 같이 서러워할 제 그 동리에 행실이 부정한 뺑덕 어미가 심 봉사의 전곡이 많은 것을 보고 먹을 것이 탐이 나서 자원 자청으로

71

이 다음부터는 셔방질은 다시 안니호고 불상훈 심 봉스의 첩노
룻이나 호다가 늘거 죽겟소

이갓치 원을 호니 동리사롬이 즁미하야 첩이 되여 드려오니
아직 량식은 넉넉호야 호강을 썩치듯 호는데 별 호강이야 잇슬
런만은 비부르게 밥 먹고 뜻뜻이 옷 닙고 별고 업시 지나가며
심 봉스는 슬프고 원통훈 마음이 점점 뺑덕 어미의게 혹호여셔
츠츠로 조곰식 안심호야 집안이 잠시 편호더니 소위 뺑덕 어미
가 기꼬리 삼 년에 황모가 못 되고 셰 살 먹은 버릇이 팔십꼬지
잇다고 제 버릇 기 못 쥬어 포식란의(飽食煖衣)[58]로 호강이
겨워 녯 버릇이 쏘 나온다

량식 쥬고 썩 사먹기 돈 쥬고 슐 사먹기 뎡자 밋헤셔 낫잠 자기
이웃집에 밥 붓치기 타인들과 욕셜호기 초군들과 싸옴호기 타
인 남정의게 담비 청키 밤즁에 울음 울기 눈 못 보는 심 봉스를
요리조리 속여 가며 텬하 못쓸 안 된 짓을 골나가며 남 홀 시
업시 다 호는데 심 봉스의 셰간이 불과 수월에 젹지 안케 탕퍼
호니 만약 일 년만 지너가면 쏘 거지가 될 디경이라 하로는
황쥬 목스가 도화동으로 분부호야 심 봉스의 거쥬를 사실호며
심청이가 사라 잇셔 왕비로 간퇵되엿다 호는 말을 듯고 심 봉
스는 의심 닉기를 물속에 들어간 쭐이 살앗슬 리도 만무호고
셜혹 살아

"이 다음부터는 서방질은 다시 아니하고 불쌍한 심 봉사의 첩노릇이나 하다가 늙어 죽겠소."

이같이 원을 하니 동리 사람이 중매하여 첩이 되어 들어오니 아직 양식은 넉넉하여 호강을 떡치듯 하는데 별 호강이야 있으련마는 배부르게 밥 먹고 뜨뜻이 옷 입고 별고 없이 지나가며 심 봉사는 슬프고 원통한 마음이 점점 뺑덕 어미에게 혹하여서 차차로 조금씩 안심하여 집안이 잠시 편하더니 소위 뺑덕 어미가 개꼬리 삼 년에 황모가 못 되고 세 살 먹은 버릇이 팔십까지 있다고 제 버릇 개 못 주어 포식난의(飽食煖衣)로 호강이 겨워 옛 버릇이 또 나온다.

양식 주고 떡 사먹기, 돈 주고 술 사먹기, 정자 밑에서 낮잠 자기, 이웃집에 밥 부치기, 타인들과 욕설하기, 초군들과 싸움 하기, 타인 남정에게 담배 청하기, 밤중에 울음 울기, 눈 못 보는 심 봉사를 요리조리 속여 가며 천하 몹쓸 안 된 짓을 골라가며 남 할 새 없이 다 하는데, 심 봉사의 세간이 불과 두서너 달 만에 적지 않게 탕패하니 만약 일 년만 지나가면 또 거지가 될 지경이라. 하루는 황주 목사가 도화동으로 분부하여 심 봉사의 거주를 조사하여 알아보며, 심청이 살아 있어 왕비로 간택되었다 하는 말을 듣고 심 봉사는 의심하기를 물속에 들어간 딸이 살았을 리도 만무하고 설혹 살아났다

72

낫다 흐기로 왕비 될 리는 업는데 알 수 업는 일이라 그러나
그립고 그리든 쏠이 살앗단 말이 하도 깃부고 희한흐야 빅난을
불고흐고 안이 갈 슈 업는 터이라

여뿝소 마누라 츄우강남(追友江南)이라 흐니 벗을 쏴라 강남
간다고 우리 량쥬가 경성으로 올나가셔 좌우간 심쳥의 일을
진위나 아라보고 만일 분명훈 왕후가 되고 보면 우리 호강 엇
더켓소

옛글에도 부창부슈(夫唱婦隨)요 녀필죵부(女必從夫)라 흐니
일언에 결단흐소 만일 안이 가겟다흐면 나 혼자 갈 터이요 그
러나 부부지졍을 싱각흐고 갓치 감히 어더흐오

쎙덕 어미가 속에는 갈 마음이 업지마는 무슨 싱각을 훈번 흐
고 그 잇튼날 압셔거니 뒤셔거니 황쥬읍으로 드러간다 하필
져물게 쩌낫던지 즁로에셔 슉소가 되니 그 근쳐 왕 봉사라 흐
는 자가 쎙덕 어미를 훈번 보기 원하다가 심 봉사와 동힝흐야
집 근쳐에 왓단 말을 듯고 그 쥬인과 의론흐고 감언리셜노 유
인흐니 쎙덕 어미 싱각흐기를

내가 경성으로 쏴라간들 무슨 디졉을 바들 것 업고 심쳥이 사
실도 졍말인지 몰을 거시니 미리 도라셔는 것이 뎨일이라 왕
봉스는 돈도 잘 벌고 풍치가 하도 됴

하기로 왕비 될 리는 없는데, 알 수 없는 일이라. 그러나 그립고 그리던 딸이 살았단 말이 하도 기쁘고 희한하여 백난(百難)을 불구하고 아니 갈 수 없는 터이라.

"여보시오, 마누라. 추우강남(追友江南)이라 하니 벗을 따라 강남 간다고 우리 부부가 경성으로 올라가서 좌우간 심청의 일을 진위나 알아보고 만일 분명한 왕후가 되고 보면 우리 호강 어떻겠소?

옛글에도 부창부수(夫唱婦隨)요, 여필종부(女必從夫)라 하니 일언(一言)에 결단하소. 만일 아니 가겠다 하면 나 혼자 갈 터이요, 그러나 부부지정을 생각하고 같이 감이 어떠하오?"

뺑덕 어미가 속에는 갈 마음이 없지마는 무슨 생각을 한번 하고 그 이튿날 앞서거니 뒤서거니 황주읍으로 들어간다. 하필 저물게 떠났던지 중로에서 묵게 되니 그 근처 왕 봉사라 하는 자가 뺑덕 어미를 한번 보기 원하다가 심 봉사와 동행하여 집 근처에 왔단 말을 듣고 그 주인과 의논하고 감언이설로 유인하니 뺑덕 어미 생각하기를

'내가 경성으로 따라간들 무슨 대접을 받을 것 없고 심청이 사실도 정말인지 모를 것이니 미리 돌아서는 것이 제일이라. 왕 봉사는 돈도 잘 벌고 풍채가 하도 좋으니

73

으니 내 신셰는 일평싱 편후리라

마음이 이러후야 약쇽을 뎡훈 후에 그늘 밤 야심 삼경에 심
봉스 잠들기를 고디후야 왕 봉스를 짜라 쎙손이를 첫더라

심 봉스가 잠을 씨여 쎙덕 어미를 더드무니 도망훈 쎙덕 어미
년이 어디 가 잇스리요

심 봉스가 의심나셔 급훈 소리로 부르것다

여보소 어디 갓나 그러지 말고 이리 오소

두어 마디 년희 불너도 아모 디답도 업는지라 심 봉스 긔가
막혀 쥬인 량반을 부르며 계집을 찻는다

여보 쥬인 량반 우리 녀편네 거기 잇소

(쥬인) 여긔 업소 자다가 말고 녀편네는 웨 찻소

그 잘난 녀편네를 여긔 다려다 무엇 후게 그런 소리는 뭇지도
마오

(심 봉스) 어허— 져런 말 보앗나 당신은 눈 쓴 량반이닛가 그
짜위 계집이니 무에니 후지마는 압 못 보는 이놈의게는 그것도
대단후구려

그런디 이년이 나 좀든 스이에 쎙손이를 첫구려

내 신세는 일평생 편하리라.'

마음이 이러하여 약속을 정한 후에 그날 밤 야심 삼경에 심 봉사 잠들기를 고대하여 왕 봉사를 따라 뺑소니를 쳤더라.

심 봉사가 잠을 깨어 뺑덕 어미를 더듬으니 도망한 뺑덕 어미 년이 어디 가 있으리오.

심 봉사가 의심나서 급한 소리로 부르것다.

"여보쇼, 어디 갔나? 그러지 말고 이리 오소."

두어 마디 연해 불러도 아무 대답도 없는지라. 심 봉사 기가 막혀 주인 양반을 부르며 계집을 찾는다.

"여보, 주인 양반, 우리 여편네 거기 있소?"

(주인) "여기 없소. 자다가 말고 여편네는 왜 찾소? 그 잘난 여편네를 여기 데려다 무엇 하게 그런 소리는 묻지도 마오."

(심 봉사) "어허ㅡ. 저런 말 보았나. 당신은 눈 뜬 양반이니까 그따위 계집이니 무어니 하지마는 앞 못 보는 이놈에게는 그것도 대단하구려. 그런데 이 년이 나 잠든 사이에 뺑소니를 쳤구려."

74

응 엇던 몹슬 놈이 눈먼 놈의 계집을 후려 갓소

후려 간 놈 글느다구 흐여 무엇 흐게 싸라간 년이 환양년이지

이 모양으로 다시 혼자말노 탄식이라

이 몹슬 년의 뺑덕 어마 당초 내가 너를 쳥흐드냐 네가 나를

추자와셔 몹시 몹시 사자 흐고 즁미까지 권흐기로 인연을 미잣

드니 무엇이 부족흐야 비반흐고 간돈 말가 갈 터거든 니놋코

가지 즁로에셔 야간도주 무슴 일가 에라 네까진 년 가지 안아

죽드라도 무셔워홀 너가 안일다

너보담 하라비 칠 현부인 조강지쳐도 리별흐고 츌텬지효 내

쏠 심청이를 싱리별 물에 싸져 죽엇셔도 지금까지 살아온 심

봉스로다 네까진 기잡년을 다시 싱각홀 내가 안일다

이렁져렁 눌이 넓아 다시 길을 써나가니 그나마 압셔거니 뒤셔

거니 길을 인도흐야 더듬지 안니흐고 갓치 가든 뺑덕 어미가

업셔지니 형영상죠(形影相照) 심 봉스가 집팡막디를 두드리며

터벅터벅 가노라 눌이 맛춤 더운 쎄라 소경이 길 것기에 쌈이

비깃치 흘으거늘 심 봉스가 길ㅅ가 흘너가는 시니물에 옷을

벗고 목욕홀 시 하도 더운 김에 물속에 드러안자 흔참이나 지

연흐야 비로소 나와셔 몸

"응, 어떤 몹쓸 놈이 눈먼 놈의 계집을 후려 갔소. 후려 간 놈 그르다고 하여 무엇 하게. 따라간 년이 화냥년이지."

이 모양으로 다시 혼잣말로 탄식이라.

"이 몹쓸 년의 뺑덕 어멈아, 당초 내가 너를 청하더냐? 네가 나를 찾아와서 몹시 몹시 살자 하고 중매까지 권하기로 인연을 맺었더니 무엇이 부족하여 배반하고 간단 말인가? 가려거든 내 놓고 가지 중로에서 야간도주 무슨 일인가? 에라, 네까진 년 가지 않아 죽더라도 무서워할 내가 아니다. 너보다는 할아버지 뻘 될 현부인 조강지처도 이별하고 출천지효 내 딸 심청이가 생이별하여 물에 빠져 죽었어도 지금까지 살아온 심 봉사로다. 네까짓 개잡년을 다시 생각할 내가 아니다."

이렁저렁 날이 밝아 다시 길을 떠나가니 그나마 앞서거니 뒤서거니 길을 인도하여 더듬지 아니하고 같이 가던 뺑덕 어미가 없어지니 형영상조(形影相照) 심 봉사가 지팡막대를 두드리며 터벅터벅 가노라. 날이 마침 더운 때라 소경이 길 걷기에 땀이 비같이 흐르거늘 심 봉사가 길가 흘러가는 시냇물에 옷을 벗고 목욕할 새, 하도 더운 김에 물속에 들어앉아 한참이나 지연하여 비로소 나와서 몸

75

말니여 의복을 입으랴고 더듬더듬 초조보니 간 곳이 업는지라
소방으로 두로 단니며 산양기 꽁 더듬듯 골고로 만져가도 종시
흔젹이 업거놀 심 봉소가 홀 일 업셔 통곡호며 우는 말이
이 몹슬 도젹놈아 허다호 부조집의 먹고 쓰고 남은 지물 그런
것이나 가져가지 나갓치 불샹호고 아모 것도 업는 소경 놈의
옷을 가져가셔 나 못홀 일 식이느냐

원통호다 너 눈이야 귀먹쟝이 졀름다리 각식 병신 셜다 희도
턴디 일월과 흑빅 쟝단은 분별호고 대소 분별은 호것만은 엇지
호 놈 팔조로 소경이 되여 눈압헤 것도 보지 못호고 입은 옷을
일엇스니 이를 엇지 호쟌 말고 이러트시 탄식홀 졔 이 째 황쥬
목소가 몬져 도화동에 젼령호고 다시 샹부 명령을 바다 친히
도화동으로 나가 심 봉소를 뫼셔다가 경셩으로 호송홀 초로
다솔호인호고 나오든 길이라

시너소가에셔 심 봉소의 우는 양을 보고 그 곡졀을 무러보니
심 봉소가 젼후소연을 고호엿더라

병소가 교조에서 너려셔 관예59)로 호야금 밧비 쥰비호야 가지
고 오든 금의를 너여

말리어 의복을 입으려고 더듬더듬 찾아보니 간 곳이 없는지라. 사방으로 두루 다니며 사냥개 꿩 더듬듯 골고루 만져가도 종시 흔적이 없거늘 심 봉사가 하릴없어 통곡하며 우는 말이

"이 몹쓸 도적놈아, 허다한 부잣집의 먹고 남은 재물 그런 것이라 가져가지. 나같이 불쌍하고 아무것도 없는 소경 놈의 옷을 가져가서 나 못할 일 시키느냐? 원통하다, 내 눈이야. 귀 머거리, 절름발이, 각색 병신 섧다 해도 천지(天地) 일월(日月) 과 흑백(黑白) 장단(長短)은 분별하고, 대소(大小) 분별은 하 건마는 어찌한 놈 팔자로 소경이 되어 눈앞에 것도 보지 못하 고 입은 옷을 잃었으니 이를 어찌 하잔 말인고?"

이렇듯이 탄식할 제 이때 황주 목사가 먼저 도화동에 전령하 고 다시 상부 명령을 받아 친히 도화동으로 나가 심 봉사를 모셔다가 경성으로 호송할 차로 하인을 많이 거느리고 나오던 길이라.

시냇가에서 심 봉사의 우는 양을 보고 그 곡절을 물어보니 심 봉사가 전후사연을 고하였더라. 병사가 교자에서 내려서 관 례(官隸)로 하여금 바삐 준비하여 가지고 오던 비단옷을 내어

76

님히고 심 소져의 왕후 간퇵된 ᄉ연을 ᄌ셔이 고ᄒ고 즉시 사
인교를 퇴여 황쥬셩으로 드러와 경셩으로 호송ᄒ야 부녀가 샹
봉ᄒ니 그 반갑고 깃부고 쾌락ᄒ 형용은 다 말ᄒᆯ 슈가 업더라

소져가 확실히 왕후가 되여 부귀영화가 비록 쩌 업슴이 그 부
친의 눈 어두은 졍경을 싱각ᄒ야 팔도에 령을 ᄂ려 밍인잔치를
베푸럿고 심 봉ᄉ는 다시 현슉ᄒ 부인의게 쇽현을 ᄒ야⁶⁰⁾ 만년
에 ᄯᅩᄒ 심 소져갓치 효셩 잇고 현쳘ᄒ 자손을 두어 부귀공명
이 ᄃ터로 ᄭ치지 안니ᄒ더라

긔ᄌᆞ 왈 만물 가온ᄃ 가쟝 귀한 거슨 인싱이라 ᄒ니 인싱은
오륜이 잇ᄂ 까닥이라

오륜의 읏듬 되난 거슨 부모의게 효도홈이니 효도는 일빅 가지
ᄒᆡᆼ실에 근원이라

사ᄅᆷ이 다른 ᄒᆡᆼ실과 지식이 아모리 넉넉ᄒ여도 오직 효도가
업스면 가히 ᄒᆡᆼ실 잇는 사ᄅᆷ이 되지 못ᄒᄂ니 우리 죠션은 원러
다른 일에는 아직 미기ᄒ 일이 업지 안이ᄒ나 다만 삼강오륜을
직혀 가는 데는 남붓그러올 것이 업더니 만근이러⁶¹⁾에는 도덕
이 부픠ᄒ야 효도를 힘쓰는 쟈가 만치 못홈은 죠션 민족을 위

입히고 심 소저의 왕후 간택된 사연을 자세히 고하고 즉시 사인교를 태워 황주성으로 들어와 경성으로 호송하여 부녀가 상봉하니, 그 반갑고 기쁘고 쾌락한 형용은 다 말할 수가 없더라.

소저가 확실히 왕후가 되어 부귀영화가 비할 데 없으매 그 부친의 눈 어두운 정경을 생각하여 팔도에 영을 내려 맹인잔치를 베풀었고, 심 봉사는 다시 현숙한 부인에게 속현을 하여 만년에 또한 심 소저같이 효성 있고 현철한 자손을 두어 부귀공명이 대대로 끊어지지 아니하더라.

기자 왈 만물 가운데 가장 귀한 것은 인생이라 하니 인생은 오륜에 있는 까닭이라. 오륜의 으뜸 되는 것은 부모에게 효도함이니 효도는 일백 가지 행실의 근원이라.

사람이 다른 행실과 지식이 아무리 넉넉하여도 오직 효도가 없으면 가히 행실 있는 사람이 되지 못하니, 우리 조선은 원래 다른 일에는 아직 미개한 일이 없지 아니하나 다만 삼강오륜을 지켜 가는 데는 남부끄러울 것이 없더니, 근년에는 도덕이 부패하여 효도를 힘쓰는 자가 많지 못함은 조선 민족을 위하여

77

ᄒᆞ야 가히 긔탄ᄒᆞᆯ 일이로다

그런 중에도 한문짜를 ᄯᅵ강 공부ᄒᆞᆫ 남ᄌᆞ들은 성현의 훈계도
약간 비ᄒᆞ고 문견이 ᄯᅵ강 잇서 효도가 엇더ᄒᆞᆫ 거슬 여간 짐작
ᄒᆞ지만은 그 중 무식자 ᄒᆞᆫ 남ᄌᆞ와 녀ᄌᆞ로 말ᄒᆞ면 효경 렬녀젼
갓흔 칙자가 혹 잇스나 한문과 언문으로 만든 것이 의미가 깁
고 ᄭᅡ달아워 잘 볼 수도 업거니와 ᄯᅩ흔 그 갓흔 칙자도 별노
만치 못ᄒᆞᆫ 고로 중년에 유지ᄒᆞᆫ 현ᄉᆞ들이 심쳥젼 갓흔 효ᄌᆞ의
칙자와 츈향젼 갓흔 렬녀의 칙자를 긔록ᄒᆞ야 부인 유자와 무식
셔민으로 하야금 인륜의 ᄯᅵ도를 ᄉᆞ람ᄉᆞ람이 비ᄒᆞ게 ᄒᆞᆫ 거슨
그 효력의 심이 광ᄃᆡᄒᆞ거니와 그 중 심쳥젼은 신명의게 비러
자식을 낫코 눈을 ᄯᅳᆫ다는 말과 룡궁에 드러갓다 나온 거시 ᄭᅮᆷ
도 안이오 실샹 잇는 일노 만든 거슨 원ᄉᆞ실에 업는 일ᄲᅮᆫ 안이
라 ᄉᆞ람의 졍졍ᄒᆞᆫ 리치를 위반ᄒᆞ고 다만 녯눌 어리셕은 소견으
로 귀신이 잇셔 ᄉᆞ람의 일을 주션ᄒᆞᄂᆞᆫ 줄노 밋는 허망ᄒᆞᆫ 풍속
ᄃᆡ로 긔록ᄒᆞ야 후셰 ᄉᆞ람으로 하여금 귀신이란 말에 미혹ᄒᆞ야
졍당ᄒᆞᆫ 리치를 바리고 비록 악ᄒᆞᆫ 힝위를 ᄒᆞ고도 귀신의게 빌기
만 ᄒᆞ면 관계치 안이ᄒᆞ고 도로혀 복을 밧을 줄노 싱각ᄒᆞᄂᆞᆫ 폐
샹이 만케 되야 졈졈 효도의 본지는 업셔지고 귀신을 밋고 인
ᄉᆞ를 문란케 ᄒᆞᄂᆞᆫ 손ᄒᆡ가 싱길 ᄲᅮᆫ이니

가히 개탄할 일이로다.

그런 중에도 한문자(漢文字)를 대강 공부한 남자들은 성현의 훈계도 약간 배우고 문견이 대강 있어 효도가 어떠한 것을 보통 짐작하지만, 그중 무식자 남자와 여자로 말하면 〈효경〉, 〈열녀전〉 같은 책자가 혹 있으나 한문과 언문으로 만든 것이 의미가 깊고 까다로워 잘 볼 수도 없거니와 또한 그 같은 책자도 별로 많지 못한 고로 중년에 유지한 현사들이 〈심청전〉 같은 효자의 책자와 〈춘향전〉 같은 열녀의 책자를 기록하여 부인(婦人) 유자(幼者)와 무식 서민으로 하여금 인륜의 대도를 사람사람이 배우게 한 것은 그 효력이 심히 광대하거니와, 그중 〈심청전〉은 신명에게 빌어 자식을 낳고 눈을 뜬다는 말과 용궁에 들어갔다 나온 것을 꿈도 아니고 실상 있는 일로 만든 것은 원 사실에 없는 일일 뿐 아니라, 사람의 정정한 이치를 위반하고 다만 옛날 어리석은 소견으로 귀신이 있어 사람의 일을 주선하는 줄로 믿는 허망한 풍속대로 기록하여, 후세 사람으로 하여금 귀신이란 말에 미혹하여 정당한 이치를 버리고 비록 악한 행위를 하고도 귀신에게 빌기만 하면 관계치 아니하고 도리어 복을 받을 줄로 생각하는 폐상이 많게 되어, 점점 효도의 본지는 없어지고 귀신을 믿고 인사를 문란케 하는 손해가 생길 뿐이니

78

엇지 가셕지 안이ᄒ리요

다만 심쳥의 집안에서 신명의게 비럿다는 말과 ᄯᅩ 션인들이 인 졔물을 드렷다 ᄒᆷ은 그ᄶᅥ 어리셕은 풍쇽 사람들이 그리ᄒ기 ᄀ 쉬울 일이나 결단코 그것으로써 복을 밧엇다 ᄒᆷ은 지금갓치 광명ᄒᆫ 셰계 사람의게는 도뎌이 밋지 못ᄒᆯ 말이라

불가불 리치에 샹당ᄒᆫ 진졍ᄒᆫ 수실노 긔졍ᄒᆷ이 가ᄒ고 츈향젼 갓흔 칙ᄌᆞ는 녀ᄌᆞ에 졀ᄒᆼ을 비양ᄒᆷ이 족ᄒᆫ 본지가 업지 안이ᄒ나 특별이 만고에 지극ᄒᆫ 졀ᄒᆼ이라 ᄒᆯ 거슨 업는 것이 당시 춘향 갓흔 쇼년 미려자로 리도령 갓흔 아름다온 쇼년 남ᄌᆞ를 맛나여 텰셕갓흔 언약과 산희갓흔 인졍이 비ᄒᆯ 데 업는 쳐디로 여간 악형을 당ᄒ며 옥즁고초를 격글지연뎡 샹덕치 안이ᄒᆫ 남 원부ᄉᆞ의게 굴복ᄒ야 그 마음이 변ᄒᆯ 리가 잇스리오 다만 이것 으로는 지극ᄒᆫ 렬녀 졀부의 모본이 되지 못ᄒᆯ ᄲᅮᆫ 안이라 도로 혀 리 도령과 춘향의 셔로 맛나 친합ᄒ든 언론 샹티와 셔로 그려 연인ᄒ든 심ᄉᆞ 힝동을 노노이[62] 셜명ᄒ야 남녀 풍졍과 쇼년 식졍을 ᄒᆼ동케 ᄒ는 음탕ᄒᆫ 구졀이 심이 만은즉 후셰 사 람의 미거ᄒᆫ 쳥년 남녀가 다소간 그 졀ᄒᆼ은 본밧을 여가이 업 고 음일방탕ᄒᆫ 심슐을 비양ᄒ기에 족ᄒ

어찌 가석(可惜)하지 아니하리오.

다만 심청의 집안에서 신명에게 빌었다는 말과 또 선인들이 사람 제물을 드렸다 함은 그때 어리석은 풍속으로 사람들이 그리하기가 쉬울 일이나 결단코 그것으로써 복을 받았다 함은 지금같이 광명한 세계 사람에게는 도저히 믿지 못할 말이라.

불가불 이치에 상당한 진정한 사실로 개정함이 가하고, 춘향전 같은 책자는 여자의 절행을 배양함이 족한 본지(本志)가 없지 아니하나 특별히 만고에 지극한 절행이라 할 것은 없는 것이, 당시 춘향 같은 소년 미녀로 이 도령 같은 아름다운 소년 남자를 만나서 철석같은 언약과 산해(山海)같은 애정이 비할 데 없는 처지로 여간 악형을 당하며 옥중고초를 겪을지언정 상덕(尙德)하지 아니한 남원부사에게 굴복하여 그 마음이 변할 리가 있으리오. 다만 이것으로는 지극한 열녀 정부의 모본이 되지 못할 뿐 아니라 도리어 이 도령과 춘향이 서로 만나 친합하던 언론 상태와 서로 그리워 연애하던 심사 행동을 노노히 설명하여 남녀 풍정과 소년 색정을 혼동케 하는 음탕한 구절이 심히 많은즉, 후세 사람의 미거한 청년 남녀가 다소간 그 절행은 본받을 여가가 없고 음란하고 방탕한 심술을 배양하기에 족하니

니 그 칙이 스람의게 디하야 리익은 젹고 숀힉가 만은 것은 분명흔 스실이라

이 갓튼 칙즈는 불가불 도뎌이 기졍치 안이ᄒ면 풍쇽을 히ᄒ고 인심을 란ᄒ게 홈이 젹지 안이 홀지라 이럼으로 본 긔쟈가 용우홈을 불고ᄒ고 몬져 심쳥젼을 기졍ᄒ야 허망흔 사연을 졍오ᄒ고 진졍흔 사리를 증보ᄒ야 우리 죠션의 우부우부로 ᄒ여금 모든 경젼을 디용ᄒ야 륜리에 뎨일가는 효도를 비양코져 ᄒ며 쟝ᄎ 츈향젼 갓흔 칙즈로 증졍ᄒ기에 챡수코져 ᄒ노라

디기 심 봉사의 부인 곽씨갓치 현텰흔 부인도 미우 듬을거니와 그 ᄯᅩᆯ 심쳥의 효도는 과연 쳔만고에 듬은 일이라 그 모친 곽씨 부인의 어진 덕힝이 그 자녀의게ᄭᅡ지 밋쳣든지 그갓치 만고효녀를 두어 아름다온 일홈이 쳔츄에 류젼ᄒ야 억죠챵싱의 모범이 되엿스니

곽씨 부인은 비록 죽엇스나 그 일홈은 만고에 삭지 안이홀 터인즉 심쳥을 낫코 열흘이 못 되여 원통ᄒ게 죽은 것이 별노 유감이 업다 홀 지오

심 봉사는 일시 밍인으로 갑갑흔 셰상을 지너엿스나 그 ᄌᆞ손디디로 부귀를 누린 것은 실노 훨써 눈만 쓴 것보담 낫다 홀지라 이것은 귀신의 조화가 잇셔 그리된 것이 안이라 결단코 곽씨 부인이 어진 덕힝

그 책이 사람에게 대하여 이익은 적고 손해가 많은 것은 분명한 사실이라.

이 같은 책자는 불가불 도저히 개정치 아니하면 풍속을 해하고 인심을 난하게 함이 적지 아니할지라. 진정한 사리를 증보하여 우리 조선의 우부우부로 하여금 모든 경전을 대용하여 윤리에 제일가는 효도를 배양코자 하며 장차 춘향전 같은 책자도 증정(增訂)하기에 착수하고자 하노라.

대개 심 봉사의 부인 곽씨같이 현철한 부인도 매우 드물거니와 그 딸 심청의 효도는 과연 천만고에 드문 일이라. 그 모친 곽씨 부인의 어진 덕행이 그 자녀에게까지 미쳤던지 그같이 만고 효녀를 두어 아름다운 이름이 천추에 유전하여 억조창생의 모범이 되었으니, 곽씨 부인은 비록 죽었으나 그 이름은 만고에 삭지 아니할 터인즉 심청을 낳고 열흘이 못 되어 원통하게 죽은 것이 별로 유감이 없다 할 것이오.

심 봉사는 일시 맹인으로 갑갑한 세상을 지내었으나 그 자손 대대로 부귀를 누린 것은 실로 한때 눈만 뜬 것보다는 낫다 할지라. 이것은 귀신의 조화가 있어 그리된 것이 아니라. 결단코 곽씨 부인이 어진 덕행으로

으로 심청이 갓흔 효녀를 둔 까둙이오 심청의 크나 큰 효심으로 어려서 품을 팔고 밥을 비러 효성을 다ᄒᆞ다가 필경 제 몸을 죽여 효도를 다ᄒᆞ는 졍셩이 직졉으로 사람의 마음을 감동케 ᄒᆞ고로 그쩌 군수 관찰이 님금의게 쟝쳔을 ᄒᆞ엿고 모든 신하와 님금의 마음이 쏘ᄒᆞ 감동된 까둙이라 일호라도 귀신의 조화가 안임이 분명ᄒᆞ도다 쏘 심청의 효도ᄒᆞ든 일과 츈향의 졍졀ᄒᆞ든 일을 비교ᄒᆞ여 보면 그 경즁이 과연 엇더ᄒᆞ뇨 쳥컨더 사리에 명빅ᄒᆞᆫ 독쟈 졔군의 한번 비평ᄒᆞ여 보기를 바라노라

이 칙을 특별이 일흠ᄒᆞ야 몽금도라 흠은 심청이 특이ᄒᆞᆫ 효셩으로 몽금도 압헤서 목숨을 버린 것을 긔렴코져 ᄒᆞ고 쏘 사람의 마음을 감동케 ᄒᆞ야 왕후의 위를 어든 것도 몽금도에서 목숨을 버림으로 된 것을 싱각흠이오 쏘 고본 심쳥젼에 심쳥의 몸이 참으로 룡궁에 들어갓다 나왓다는 말이 실노 업는 룡궁을 잇다 ᄒᆞᆫ 허망ᄒᆞᆫ 것을 ᄭᆡ닷게 흠이오 쏘 쟝연 몽금도가 그 젼에는 다만 금도라 불넛는데 심 왕후가 그곳셔 ᄭᅮᆷ을 ᄭᅮᆫ 이후붓터 비로소 몽금도(夢金島)의 일흠이 싱겻다는 말이 잇슴이라

심청이 같은 효녀를 둔 까닭이오.

심청의 크나 큰 효심으로 어려서 품을 팔고 밥을 빌어 효성을 다하다가 마침내 제 몸을 죽여 효도를 다하는 정성이 직접으로 사람의 마음을 감동케 한 고로 그때 군수 관찰이 임금에게 장천을 하였고, 모든 신하와 임금의 마음이 또한 감동된 까닭이라. 일호라도 귀신의 조화가 아님이 분명하도다. 또 심청의 효도하던 일과 춘향의 정절하던 일을 비교하여 보면 그 경중이 과연 어떠한고? 청컨대 사리에 명백한 독자 제군이 한번 비평하여 보기를 바라노라.

이 책을 특별히 이름을 〈몽금도〉라 함은 심청이 특이한 효성으로 몽금도 앞에서 목숨을 버린 것을 기리고자 하고, 또 사람의 마음을 감동케 하여 왕후의 위를 얻은 것도 몽금도에서 목숨을 버림으로 된 것을 생각함이오. 또 고본 〈심청전〉에 심청의 몸이 참으로 용궁에 들어갔다 나왔다는 말이 실로 없는 용궁을 있다한 허망한 것을 깨닫게 함이오. 또 장연 몽금도가 그전에는 다만 '금도'라 불렸는데, 심 왕후가 그곳에서 꿈을 꾼 이후부터 비로소 '몽금도(夢金島)'의 이름이 생겼다는 말이 있음이라.

미주

1) 낙수청운(洛水靑雲) : 벼슬자리를 얻는 것.
2) 금장자수(金章紫綬) : 벼슬아치가 받는 인장과 인끈.
3) 소솔(所率) : 권솔. 한집에 딸린 식구(食口).
4) 직령(直領) : 곧은 옷깃의 겉옷.
5) 일수(日收) : 돈을 빌려 주고 날마다 일정한 액수를 받는 일.
6) 체계(遞計) : 장체계의 줄임말로, 장에서 비싼 이자로 돈을 꾸어 주던 일.
7) 장리변(長利邊) : 봄에 빌려 주고 가을에 받는 식의 장리로 얻는 빚.
8) 불효삼천(不孝三千) : 불효에 삼천 가지가 있음.
9) 우수사려(憂愁思慮) : 근심과 시름이 가득한 생각.
10) 세세상전(世世相傳) : 대대로 전해짐.
11) 산육(産育) : 아이 낳고 기르는 것.
12) 용혹무괴(容或無怪) : 혹시 그런 일이 있을지라도 괴이한 일이 아님.
13) 창황망조(蒼黃罔措) : 급해서 어찌할 줄 모름.
14) 수각(手脚)이 황망(慌忙) : 손발을 어찌해야 할 줄 모른다는 뜻으로, 갑작스러운 일에 매우 당황함을 이르는 말.
15) 망지소조(罔知所措) : 매우 당황하여 어찌할 줄을 모름.
16) 친손(親孫) 봉사(奉祀) : 아들의 자손이 조상의 제사를 모심.
17) 외손봉사(外孫奉祀) : 친손이 없어 외손이 조상의 제사를 모심.
18) 욕급선령(辱及先靈) : 욕이 조상에게까지 미침.
19) 군자호구(君子好逑) : 군자의 좋은 짝이 됨.
20) 금슬우지(琴瑟友之) : 부부간의 금슬이 친구처럼 좋음.
21) 종(宗)사위 진진(秦晉) : 아들 대신 대를 이어주는 사위와 우의가 두터움을 이름.
22) 범연(泛然)하다 : 데면데면하게 굴다.
23) 풍한서습(風寒暑濕) : 바람, 추위, 더위, 습기.
24) 괴불 : 어린아이가 차는 노리개.
25) 궁천극지(窮天極地) : 하늘같이 땅같이 끝없고 한없음.
26) 사지동고(死地同苦) : 죽는 것과 사는 것을 함께함.
27) 사자밥 : 사람이 죽었을 때 저승사자를 위해 차린 밥.
28) 감장(監葬) : 장례 지내는 것을 도와줌.
29) 향양지지(向陽之地) : 남향으로 볕이 잘 드는 땅.
30) 남수하주(藍繡霞綢) : 저녁놀 같은 무늬로 수를 놓은 남색 비단.
31) 까마귀 게 발 물어 던지듯 : 아주 외로운 형편이 되었음.
32) 빗접 : 머리 빗는 데 쓰는 도구를 모아 두는 함.
33) 강잉하다 : 억지로 참고 행하다.
34) 육장(六場) : 한 달 기준으로 여섯 번 서는 장.
35) 기인취물(欺人取物) : 사람을 속여 재물을 빼앗음.
36) 부풍모습(父風母習) : 자식이 아버지와 어머니를 닮음.
37) 양지성효(養志誠孝) : 뜻을 길러 부모님을 기쁘게 해 드리고 효를 다함.

38) 허희탄식(獻欷歎息) : 한숨지으며 탄식을 함.

39) 감탕판 : 진흙으로 질퍽질퍽한 땅.

40) 일모도궁(日暮途窮) : 날은 저물어 길이 안 보임.

41) 근고(謹告)하옵나니 : 삼가 아뢰나니.

42) 연비(聯臂)하다 : 다른 사람을 통해 간접적으로 알아보다.

43) 고기(顧忌) : 있을 일을 걱정하고 꺼림.

44) 정지(情地) : 딱한 처지.

45) 경경일심(耿耿一心) : 항상 걱정하는 한 가지 마음으로.

46) 도지(賭只) : 일정한 액수의 소작료.

47) 백빈주(白蘋洲) : 흰 능화 가득 핀 물가.

48) 홍료(紅蓼) : 붉게 된 여뀌.

49) 관내성(款乃聲) : 뱃노래.

50) 제수전(祭需錢) : 제사에 필요한 것을 마련하는 데 드는 돈.

51) 거연(遽然)히 : 생각할 겨를도 없이 빨리.

52) 당도리 : 바다에 다니는 대형 목조선.

53) 창황망조(蒼黃罔措) : 어찌하지 못할 정도로 매우 급함.

54) 길일양신(吉日良辰) : 운수가 좋은 날과 일이 잘되는 때.

55) 무비(無非) : 그렇지 않은 것 없이 모두.

56) 기색(氣塞) : 충격 등으로 호흡이 일시적으로 멎은 상태.

57) 가가(可嘉)할 : 착하다고 여길 만할.

58) 포식난의(飽食煖衣) : 배불리 먹고 옷을 따뜻하게 입고 잘 지낸다는 뜻.

59) 관례(官隷) : 관가에 속한 하인.

60) 속현(續絃)하다 : 아내를 여읜 뒤 새 아내를 맞이하다.

61) 만근이래(輓近以來) : 몇 년 전부터 지금까지.

62) 노노(呶呶)히 : 왁자지껄하게 자꾸 늘어놓아.

저자 **서유경**

　서울대학교 국어교육과를 졸업하고, 동대학원에서 석박사 학위를 취득하였으며, 현재 시립대학교 국어국문학과에 재직하고 있다.

　주요 논문으로는 「공감적 자기화를 통한 문학교육 연구」(2002), 「고전문학교육 연구의 새로운 방향」(2007), 「〈숙향전〉의 정서 연구」(2011), 「〈심청전〉의 근대적 변용 연구」(2015) 등 다수가 있고, 저서로는 『고전소설교육탐구』(2002), 『인터넷 매체와 국어교육』(2002), 『판소리 문학의 문화 적응과 확산』(2016), 『주봉전』(2016), 『매화전』(2018) 등이 있다.

신정 심청전 — 몽금도전

초판인쇄　2019년 7월 10일
초판발행　2019년 7월 18일

옮 긴 이　서유경
책임편집　박인려
발 행 인　윤석현
등록번호　제2009-11호
발 행 처　도서출판 박문사
　　　　　Address: 서울시 도봉구 우이천로 353 성주빌딩 3F
　　　　　Tel: (02) 992-3253(대)　　　　Fax: (02) 991-1285
　　　　　Email: bakmunsa@daum.net

ⓒ 서유경, 2019. Printed in KOREA.

ISBN 979-11-89292-39-3 03810　　　　　　　　　　　정가 10,000원